제멋대로 버디

제멋대로 버디

김아영 지음

라임

차 례

여름 방학

"한라야, 오한라!"

옆자리에 앉은 소민이가 한라 팔을 툭툭 쳤다. 교실 창문 너머 먼바다를 바라보고 있던 한라가 깜짝 놀라 고개를 돌렸다. 소민이가 한숨을 폭 내쉬고는 눈짓으로 담임 선생님을 가리켰다.

한라는 소민이와 선생님을 번갈아 보다가 자리에서 부스스 일어났다. 7월의 따가운 햇살이 창문을 통해 교실 안으로 쏟아져 들어왔다. 한라는 환한 햇살에 눈이 부셔 얼굴을 찡그렸다.

"다른 누구도 아닌, 너희 미래가 걸린 문제야. 어른들이 보여 주는 만큼만 꿈꾸지 않으려면, 지금 스스로 그 미래를 찾아야 해."

햇살이 교실 깊숙이 들이치는 바람에 한라는 선생님의 입술 모양을 읽을 수 없었다. 눈을 가늘게 뜨고 고개를 앞으로 내밀어 봐도 잘 보이지 않았다. 선생님이 칠판을 보느라 등을 돌리기라도 하면 무슨 이야기를 하는지 하나도 볼 수가 없다.

선생님은 어정쩡한 자세로 서 있는 한라를 발견하고는 아래위로 입을 쩍쩍 벌려 큰 소리로 말했다.

"한라야, 이번 여름 방학 동안 네 꿈이 무엇이고, 미래에 어떤 사람이 되고 싶은지 고민해 봐. 알겠니?"

보청기를 통과한 소리는 달팽이관에서 웅웅거릴 뿐이었다. 선생님은 한라가 보청기를 껴도 잘 듣지 못한다는 걸 알면서도, 이렇게 하면 들을 수 있을 거라고 생각하는 모양이었다.

한라는 선생님이 '꿈', '어떤 사람'이라고 말하는 걸 알아채고는 숨을 깊이 들이마셨다. 농학교에서 수백, 수천 번을 연습하고 익혔던 혀와 이의 위치를 떠올리며 성대가 울리는 것을 느꼈다. 긴장을 해서인지 입술이 저절로 파르르 떨렸다.

"저는, 우주 비행따가, 되고, 띱버요."

순간 화면이 정지한 듯 교실 안에 정적이 흘렀다.

평소처럼 중간 크기로 말했는데 목소리가 잘 들리지 않았던 걸까? 어쩌면 발음이 정확하지 않았는지도 모른다.

아이들이 서로 얼굴을 마주 보더니 와아아아, 웃음을 터뜨렸다.

왁자지껄한 진동이 마룻바닥을 통해 한라에게 그대로 전해졌다. 한라의 얼굴과 목이 불에 댄 듯이 화끈거렸다.

아이들이 왜 웃는지 한라는 알 수 없었다. 소민이가 얼른 자리에 앉으라고 옷자락을 잡아당겼다. 한라는 그제야 자리에서 일어나 발표하라는 게 아니라는 걸 알아챘다.

아이들이 웃으며 발을 구르고 책상을 흔드는 바람에 바닥에 가라앉아 있던 먼지가 부옇게 교실 가득 피어올랐다. 먼지는 에어컨과 선풍기 바람을 타고 선생님과 아이들 머리 위에서 한참을 일렁거렸다. 한라는 햇볕을 받아 반짝거리는 먼지를 눈으로 좇았다.

그때 선생님이 교실 창문 너머 복도 쪽을 바라보았다. 복도에는 해나와 해나 아빠가 서 있었다. 선생님이 벽시계를 힐끔 쳐다보았다. 종례도 거의 끝날 시각이었다.

"모두 조용히 하고 있어!"

선생님은 교탁을 몇 번 두드리고는 복도로 나갔다. 아이들이 까치발을 하거나 의자에 올라서서 복도를 내다보았다.

"선생님, 수업 중에 정말 죄송합니다. 해나가 학교에 가지 않겠다고 해서 무슨 일이 있는 건 아닌지……."

새까맣게 그을린 얼굴에 긴 머리카락을 상투처럼 말아 올린 해나 아빠가 고개를 숙이는 바람에 한라는 더 이상 입술 모양을 읽지 못했다.

탐라 초등학교 건물과 나란히 붙은 탐라 중학교는 전교생이 백 명이 채 되지 않을 정도로 작았고, 그나마도 학년이 올라갈수록 고등학교가 있는 시내로 이사를 가거나 전학을 가는 아이들이 많았다. 최해나는 3학년 1학기가 시작된 뒤 늦은 봄에 전학을 왔다. 또래 아이들보다 눈에 띄게 키가 작고 피부도 까무잡잡했다.

그때 해나는 낯선 교실과 선생님 앞에서도 전혀 주눅 들지 않고 당당하게 자신을 소개했다.

"내 이름은 최해나, 이집트 다합에서 태어났고 지금까지 엄마 아빠랑 여러 나라를 돌아다니며 살았어."

처음의 당찬 모습과는 달리 해나는 점점 학교에 늦게 오기 시작하더니 수업이 끝나면 제일 먼저 학교를 빠져나갔다. 쉬는 시간에도 좀처럼 아이들에게 말을 걸지 않았다. 외국에서 살다 와서 교과 과정이 다르다며 수업에도 통 집중하지 못하는 눈치였다.

"해나는 교실로 들어가 있어."

해나 아빠가 해나의 등을 떠밀었다.

해나는 교실 뒷문을 열고 들어와서는 자기 자리에 앉자마자 책상에 엎드렸다.

"최해나, 외국에서 살다 왔다고 우리를 무시하는 거야, 뭐야! 혼자만 잘났어!"

여기저기서 아이들이 입술을 비죽대며 수군거렸다. 해나는 그러거나 말거나 관심도 없다는 듯 눈을 감았다.

사람들은 잘 모른다. 행동과 표정에는 생각보다 많은 것들이 담겨 있다는 것을. 한라는 상대방의 손동작이나 눈빛만 봐도 지금 기분이 좋은지, 얘기를 하고 싶은지, 혼자 있고 싶은지, 아니면 지루해서 다른 생각을 하고 있는지 다 알 수 있다.

국어 담당인 담임 선생님은 평소에도 표정 변화가 없고 언제나 흐릿한 눈빛으로 아득히 먼 곳을 바라보았다. 한라가 보기에 선생님은 바로 눈앞에 있는 현실에는 그다지 관심이 없었다. 그런 선생님과 달리 아이들은 과거나 미래보다는 당장 코앞에 닥친 현재가 가장 중요했다.

그래서 소민이가 몸을 낮춰 입술을 조그맣게 움직이며 들려주는 이야기에 더 큰 흥미를 느꼈다.

"어제 우리 엄마가 남두항 바로 앞 스쿠버 다이빙 가게에서 최해나 봤대!"

얼마 전, 마을에서 조금 떨어진 남두항에 낯선 가게가 생긴 건 한라도 알고 있었다. 예전에는 낚시용품을 파는 가게였다. 작년에 옆 마을에 훨씬 큰 새 항구가 생기는 바람에 고깃배는 물론 낚싯

배들까지 죄다 그리로 가 버려서, 낡은 항구는 썰렁하다 못해 을씨년스럽기까지 했다. 먼지도 닦아 내지 않은 뿌연 가게 유리문에는 붉은색 페인트로 '해마 스쿠버 다이빙, 체험 다이빙 대환영'이라는 글자가 커다랗게 쓰여 있었다.

제주도 전체가 개발을 못 해서 안달이 난 듯, 이 시골 마을에도 카페가 생기고 민박이며 게스트하우스까지 문을 열었다. 관광객들은 부둣가에 차를 세우고 해변에서 사진을 찍거나 샤워 시설도 없는 코딱지만 한 모래사장에서 물놀이를 하다 가기도 했다.

어촌계 회장이자 해녀인 소민이 엄마도 바닷가 바로 앞에 '소민이네 해녀 식당'을 차려 고깃배 선장인 소민이 아빠가 잡아 온 생선회와 직접 물질해 온 소라, 전복을 넣은 해물 뚝배기를 팔았다.

"어촌계 허락도 없이 우리 마을에 스쿠버 다이빙 가게를 열었다고 엄마랑 해녀 할망들이 따지러 갔는데……. 글쎄, 최해나가 가게에서 나오더래. 그래서 이 가게 사장님은 어디 가셨냐고 물었더니 언제 올지 모른다고 했대."

소민이가 엎드려 있는 해나를 힐끔거리며 말을 이었다.

"그런데 최해나가 다이빙할 때 입는 잠수복을 입고 있었다는 거야. 그래서 엄마가 넌 누구냐고 했더니……."

어느새 교실로 돌아온 선생님이 손으로 교탁을 탁탁, 두들겼다.

"최해나, 일어나서 똑바로 앉아!"

뒷자리에 앉은 준영이가 흔들어 깨우자 해나는 그제야 몸을 일으켰다.

선생님이 고개를 푹 숙이고 있는 해나에게서 눈을 떼지 않은 채 말했다.

"다시 말하지만 중학교 마지막 여름 방학이니만큼 자기가 무엇을 좋아하고, 또 잘하는 게 뭔지 진지하게 생각해 봐! 근데 생각해 보라고만 하면 너희들 안 할 거잖아?"

"아니에요! 할 거예요!"

방학을 앞두고 한껏 들뜬 아이들이 목소리를 높였다.

"이번 방학 동안 '나를 소개합니다'라는 주제로 자신의 꿈이 무엇이고 어떤 사람이 되고 싶은지 소개하는 UCC를 만들어 온다! 서너 명이 팀을 짜서 해도 되고 혼자 해도 좋다. 한 명도 빠짐없이 해 오도록!"

우우우, 야유가 쏟아졌다. 선생님은 아이들의 반응에도 아랑곳하지 않고 계속 말을 이었다.

"아무도 너희 인생을 대신 살아 주지 않는다는 걸 명심하고. 이상 끝! 모두 건강한 여름 방학 보내길 바란다."

남두항의 검은 그림자

선생님이 교실을 나가자 소민이는 가자미눈을 하고 해나를 째려봤다. 엄마는 벌써 시내에 있는 학원의 방학 특강을 모두 신청해 놓은 상태였다. 국어, 수학, 영어, 논술……. 생각만 해도 숨이 턱 막히는 스케줄이었다. 그런데 갑자기 꿈 찾기 UCC를 만들어 오라니! 이게 다 매사에 비협조적인 해나 때문이라는 생각이 들었던 것이다.

그러거나 말거나 해나는 제일 먼저 가방을 메고 운동장을 가로질렀다. 뒤이어 반 아이들이 교실을 우르르 빠져나갔다. 시내에 새로 생긴 떡볶이집에 간다며 잔뜩 들떠 있었다.

“개업 기념이라고 떡볶이 먹고 나면 오렌지 맛 슬러시를 공짜로

준대. 한라, 너도 갈 거지?"

소민이가 바지 주머니에 손을 찔러 넣은 채 꾸깃꾸깃한 만 원짜리 지폐를 만지작거리며 물었다. 며칠 전에 한라 할머니가 준 용돈이었다.

한라네 앞집에 사는 소민이는 한라 할머니가 물질한 돈을 받는 날이면 맛있는 거 사 먹으라고 돈을 주는 게 좀 부담스러웠다. 아무리 괜찮다고 하면서 도망을 가도, 할머니는 끝내 주머니에다 꽉 만 원을 넣어 주곤 했다.

평소에는 "어게, 어게!(그렇지, 그렇지!)" 하며 큰 소리 한번 내지 않는 한라 할머니였지만, 물질을 하고 받아야 할 돈이 십 원이라도 다르면 불같이 화를 냈다. 할머니의 그런 성격을 잘 알기에, 소민이는 그 돈이 마치 '한라랑 사이좋게 지내.' 하고 말하는 것처럼 느껴졌다. 하지만 그러지 못하는 것 같아 괴로웠다.

소민이도 한라랑 잘 지내고 싶었다. 하지만 노트 필기를 대신해 주고 한라가 물어보는 것에 일일이 대답해 주다 보면, 화장실도 가지 못한 채 쉬는 시간이 끝나 버리곤 했다. 다른 아이들도 마찬가지라고 했다. 한라가 무슨 말을 하는지 이해할 수 없으니 몇 번씩 다시 묻게 되고, 그래도 알아듣지 못하면 괜히 미안해져서 알아들은 척하며 고개를 끄덕이게 된다는 것이다.

소민이와 반 아이들이 긴장한 얼굴로 한라의 대답을 기다렸다. 한라는 보기만 해도 입 안에 침이 고이던 새빨간 떡볶이를, 혓바닥을 노랗게 물들이던 오렌지 맛 슬러시를 떠올렸다. 점심 급식으로 나온 미트볼 스파게티는 이미 다 소화가 돼 아까부터 허기가 졌다. 한라도 같이 떡볶이를 먹으러 가고 싶었다. 그런데 정말 가도 될까?

한라는 눈치를 살피다 가만히 고개를 저었다.

"같이 가고 싶었는데 아쉽다."

하지만 소민이의 표정은 조금도 아쉬워 보이지 않았다.

한라는 신발장에서 운동화를 꺼내 신었다. 봄에 산 운동화가 벌써 발에 꽉 끼였다. 코 밑에는 거무스름하게 수염도 나기 시작했다. 몇 달 새 귓구멍까지 커졌는지 보청기도 귀에 맞지 않아서 시도 때도 없이 삐삐삐익, 하고 날카로운 소리가 났다.

반 아이들은 삼삼오오 짝지은 채 한라 곁을 지나쳐 교문으로 향했다. 한라는 그냥 집으로 가자니 떡볶이를 허겁지겁 먹다 체한 것처럼 속이 더부룩하고 가슴이 답답했다.

아이들이 모두 학교를 빠져나간 뒤, 한라는 나무 그늘을 따라 운동장 안을 느릿느릿 걸었다. 뜨겁게 달궈진 철봉에 거꾸로 대롱대롱 매달렸다가 어지러워 금방 내려왔다. 그늘진 정글짐 꼭대기는 바람이 불어 시원해 보였다. 어렸을 땐 무서워서 벌벌 떨며 정글짐에 올랐는데 이젠 시시했다. 정글짐 꼭대기에서 내려다보니 학교 건물과 운동장만 눈에 들어왔다. 태양이 뜨거운 열기를 머리 위에서 마구 뿜어 댔다.

'이런 날은 수영장에서 더위를 식혀 줘야 하는데…….'

농학교 앞 기독교 복지관에 수영장이 있었다. 한라는 친구들과 함께 수영을 배웠던 때가 제일 좋았다. 아이들은 왕복 오십 미터 레인을 쉬지 않고 왔다 갔다 하고도 수업이 끝나면 한 레인에 모여 물속에서 수어를 하며 수다를 떨었다. 그러다 한번 웃음이 터지면 숨을 참지 못하고 물 위로 떠오르며 수영장이 떠나가라 요란하게 웃어 댔다. 사람들이 호기심 어린 눈으로 쳐다보면 또 숨을 참고 물속으로 들어갔다. 하지만 터져 나오는 웃음을 참지 못해 푸하하하, 하고 다시 물 밖으로 나오곤 했다.

한라는 집과는 반대 방향인 남두항으로 터벅터벅 발을 옮겼다. 쨍쨍하던 파란 하늘에 갑자기 회색빛 구름이 무겁게 내려앉으며 소나기가 내리기 시작했다. 꽤 굵은 빗줄기였다.

얼른 스쿠버 다이빙 가게의 파란 지붕 밑으로 뛰어들었다. 빛바랜 슬레이트 지붕 처마 밑에는 커다란 거미줄이 걸려 있었다. 거미는 어디로 갔는지 보이지 않고 빈 거미줄만 바람을 타고 있었다.

한라는 처마 밖으로 손을 뻗었다. 빗물이 손등을 타고 손가락 사이로 흘러내렸다. 수어로 '비가 내린다'는 두 손을 펴서 손끝을 밑으로 향하게 한 뒤 아래위로 두 번 움직인다. 비가 내리는 모양을 나타낸 것이다.

발아래 물웅덩이에는 처마를 타고 흘러내린 빗물이 가득 고여 있었다. 바다에서 시작된 바람이 빗물이 고인 물웅덩이를 흔들자 작은 파도가 일렁거렸다.

한라는 바다가 좋았다. 바다는 한시도 똑같은 적이 없다. 어스름이 내려앉은 새벽 바다는 짙은 물빛을 띠고 물결도 잔잔하다. 그러다 수평선 아래에서 태양이 고개를 내밀면 바람도 깨어난다. 바람은 파도를 일으키고 파도는 쉼 없이 하얀 포말을 일으키며 한라에게 말을 걸어온다.

'한라야, 저 수평선 너머에는 말이야. 네가 상상도 할 수 없는 수많은 이야기들이 있단다.'

태풍이라도 오면 바다는 또 다른 얼굴을 했다. 한라는 궁금했다. 하늘과 바다를 가르며 번쩍거리는 천둥 번개 소리는 얼마나 크기에 사람들이 무서워하는 걸까? 비는 정말 주룩주룩 내릴까? 전깃줄 위에 앉은 저 제비가 날아오를 땐 어떤 소리를 내지?

잠시 후, 언제 비가 왔냐는 듯 거짓말처럼 새파란 하늘과 깨끗한

구름이 물웅덩이에 비쳤다. 자동차 한 대가 항구로 들어왔다. 관광객인지 사진 몇 장을 찍고는 금세 사라졌다.

그때까지도 한라는 붉은 글자가 어지럽게 쓰인 유리문 안에서 검은 그림자가 자신을 지켜보고 있다는 것을 알지 못했다.

해마 스쿠버 다이빙

오늘부터 여름 방학이다.

역시 학교는 지겨운 곳이었다. 해나는 좁은 교실에 일고여덟 시간을 매어 있다 보면, 수족관에 갇혀 온갖 묘기를 선보이며 죽은 물고기를 받아먹는 돌고래가 된 기분이었다.

담임 선생님은 올지 안 올지도 모르는 미래 걱정을 하느라 아이들의 현재 고민이 뭔지는 알지도 못했고, 아이들은 선생님이 내 준 문제의 정답을 알아맞히지 못할까 봐 안달하느라 다른 것엔 관심도 없었다.

방학이지만 바닷가도 마을도 조용했다. 아이들은 학원에 간다고 아침부터 버스를 타고 시내로 나간 모양이었다. 만날 눈을 감고 책상에 엎드려 있었지만 듣고 싶지 않은 것도 다 들렸다.

게스트 하우스를 하는 아빠는 여름 휴가철을 앞두고 밀려드는 예약에 눈코 뜰 새 없이 분주했다. 제주도로 이주하고 처음 맞는 여름이었다.

작년 이맘때는 필리핀 보홀섬에서 여름을 지냈다. 그때도 게스트 하우스를 운영하던 아빠는 손님들이 입맛을 잃기 쉬운 때라며 온갖 보양식을 만들어 대느라, 또 엄마는 밀려드는 스쿠버 다이빙 강습으로 바빴다. 겨우 일 년 전 일이었다고 생각하니, 해나는 눈물이 핑 돌아 눈에 잔뜩 힘을 주었다. 해나가 울고만 있는 걸 엄마도 바라지 않을 것이다.

며칠 전, 아빠도 없는데 뽀글뽀글 파마머리를 한 아줌마와 할머니들이 파란색 트럭을 타고 스쿠버 다이빙 가게로 몰려왔다. 스쿠버 다이빙을 배우고 싶어서 온 게 아니라는 건 말하지 않아도 알 수 있었다. 햇볕이 켜켜이 쌓인 검은 얼굴만 보고도 해녀들이라는 걸 눈치챘다. 그건 같은 업종에 오랫동안 몸담은 사람만이 알 수 있는 직감 같은 거였다.

"낚싯집 아지망이 가게를 그렇게 넘길 거라고 생각도 못 해수께. 홍해삼 사건도 뻔히 알고 이시멍, 다이버인지 무시건지 하는 사람헌티 어떻게 가게를 넘길 수가 이수꽈?"

"그러니까 처음부터 이 다이빙 가게 문을 열지도 못하게 해야 되는 거 아니우꽈."

제주도 사투리라 잘 알아들을 수는 없었지만 느낌이 좋지 않았다. 사장님이 언제 올지 모른다고 했지만 해녀들은 한참 동안 가게를 떠나지 않았다. 그중에 가장 젊은 해녀 아줌마가 사장님이 오면 마을 앞 '소민이네 해녀 식당'으로 오시라는 말을 했다. 이름이 왠지 낯익다 했더니 같은 반 소민이 엄마인 모양이었다. 소민이 엄마는 스쿠버 다이빙복을 입은 해나를 아래위로 훑어보고는 트럭에 해녀 할머니들을 싣고 남두항을 떠났다.

해나 이야기를 들은 아빠는 시간이 필요할 거라고 했다. 아직 영업을 시작하지 않았으니 시간을 갖고 찬찬히 설득해 보겠다며, 외국에서도 타지 사람이 가게를 열 때는 그 지역에 맞는 행정과 절차가 있다는 말을 덧붙였다.

그건 아빠가 해녀들을 만나 보지 못해서 하는 말이다! 해나는 아빠에게 방학 동안이라도 스쿠버 다이빙 가게 문을 열고 싶다고 했다. 고장 난 장비를 분류하고 점검하겠다고.

"언제까지 문을 닫고만 있을 수 없잖아. 엄마가 돌아왔을 때 장비도 녹슬고 망가져 있으면 엄청 속상해할 거야."

"걱정 마. 스쿠버 다이빙 가게는 아빠가 알아서 할게. 아빠한테도 다 생각이 있으니까."

"무슨 생각? 지금 게스트 하우스도 성수기라 바쁜데 아빠가 어떻게 가게까지 지켜? 해녀들이 우리 스쿠버 다이빙 가게 문도 열지 못하게 한다고 했다니까!"

아빠는 지난밤에도 잠을 잘 자지 못한 듯 버석거리는 얼굴을 손으로 쓸어내렸다. 자정까지 게스트 하우스를 지키다가 시내에 있는 병원에서 잠을 자고 새벽에 다시 돌아와 손님들 아침 식사를 준비했다. 요리하는 걸 좋아하고 솜씨도 좋은 아빠는 손님들에게 아침 식사만큼은 갓 지은 밥과 각종 반찬들로 한 상 가득 차려 냈다.

아빠는 따뜻하고 든든한 한 끼 식사가 '해마 게스트 하우스'의 생존 전략이라고 말했지만, 해나가 보기엔 그저 아빠가 좋아서 하는 일이었다. 아빠는 자기가 만든 음식을 사람들이 맛있게 먹는 모습을 보고 있노라면, 아무리 힘든 일이 있어도 견뎌 낼 수 있다고 했다. 밥을 먹고 살아간다는 것이 얼마나 숭고하고 아름다운지 모른다고도 했다.

"방학인데 해나 너도 친구들 만나서 놀아야지."

아빠는 사태의 심각성을 전혀 모르고 있었다. 지금 다이빙 가게가 문을 열지도 못하게 생겼는데 친구를 만나 놀라니. 해나는 친구도 없을뿐더러 사귀고 싶지 않다는 말은 하지 않았다.

"방학 동안 다이빙 가게에서 공부하고 친구들이랑 거기서 놀면 돼. 애들한테 스쿠버 다이빙을 가르쳐 줄 수도 있고."

엄마 배 속에서부터 스쿠버 다이빙을 했던 해나는 만 열 살이 되던 날, 생일 선물로 엄마한테 잠수복을 선물받았다. 해나는 스쿠버 다이빙 강사였던 엄마 아빠를 따라 어렸을 때부터 이집트, 팔라우, 몰디브, 필리핀 등 세계적으로 유명한 다이빙 포인트들을 돌아다니며 살았다.

엄마가 사람들에게 다이빙을 가르치는 모습을 지켜보며 자랐기 때문인지, 해나는 물속에서 외부와 내부 수압을 맞추는 이퀄라이징이며 마스크 물 빼기 정도는 배우지 않고도 할 수 있었다. 엄마는 해나 키가 자라는 속도에 맞춰 잠수복과 부력 조끼, 호흡기를 바꿔 주었다. 때로 해나는 스쿠버 다이빙을 배우러 온 또래 친구들의 버디가 되기도 했다.

"하여튼 아빠는 반대야!"

아빠는 또 말을 하다 말고 손으로 마른 얼굴을 비벼 댔다. 아빠의 얼굴과 귀가 노을이 지듯 빨갛게 물들었다.

"우리 딸이 이렇게 씩씩하게 잘 지내는 거 알면 엄마가 엄청 자랑스러워하겠다."

"이미 엄마는 알고 있다니까."

작년 가을 보홀 인근 앞바다에서 큰 사고가 있었다. 그곳은 물살이 세서 사고가 많은 곳이었다. 엄마는 동료 다이버들과 함께 조난자들을 구하러 바다로 나갔다가 의식을 잃고 물 위로 떠올랐다.

지난겨울 한국으로 돌아왔지만 엄마는 아직도 깨어나지 못했다. 얼마 되지 않는 보상금만으로 생활을 할 수 없었던 아빠와 해나는 올봄 제주도로 이사를 왔고 엄마도 제주 시내에 있는 요양 병원으로 옮겼다.

해나는 잠만 자는 것 같아 보여도 엄마가 깨어 있다는 걸 안다. 하루 종일 누워만 있는 엄마를 위해 매일 아빠랑 번갈아 가면서 마사지를 할 때면 손가락 끝으로 엄마가 살아 있다는 걸 느낀다. 엄마가 낮게 내뱉는 숨소리를 가만히 듣고 있으면 자기에게 말을 하는 것만 같았다.

'해나야, 밥은 먹었어?'

"엄마도 아빠 알잖아. 내가 밥 먹는 모습만 봐도 행복해하는 거. 참, 어제 아빠랑 남두항 스쿠버 다이빙 가게 안을 하늘색으로 페인트칠했어. 칠하고 나니까 남두항 앞 바다색하고 똑같은 거 있지?"

'힘들었겠다, 우리 해나.'

"재밌었어."

해나는 엄마에게 남두항에 아빠랑 근사하게 스쿠버 다이빙 가게를 차렸다고 자랑했다. 며칠 전 해녀들이 가게로 찾아왔다는 이야기는 하지 않았다.

"내일은 잠수복이며 다이빙 용품들을 가게로 옮길 거야. 그러면 언제든 가게 문을 열 수 있어. 그러니까 엄마, 이제 그만 일어나면 안 돼?"

엄마는 창문을 통해 굴절된 투명한 빛을 바라만 볼 뿐 대답이 없었다.

"엄마, 남두항 앞 바닷속이 궁금하지? 내가 아빠랑 같이 들어갔다 와서 말해 줄까?"

엄마의 눈꺼풀이 미세하게 떨리며 검은 눈동자가 해나 쪽으로 움직였다. 해나는 엄마의 입꼬리가 슬며시 올라가는 걸 놓치지 않았다.

분명 엄마도 남두항 바닷속이 궁금했던 거다.

중요하지 않은 일

여름 방학이지만 한라는 갈 곳도, 가야만 하는 곳도 없었다. 작년 여름, 시내에 나갔다가 교통사고를 당할 뻔했던 이후로 엄마는 한라 혼자서 버스 타고 시내로 나가는 걸 반대했다. 자동차 경적 소리도 못 듣는데 나갔다가 무슨 일을 당할지 모른다는 거였다. 그렇다고 하루 종일 선풍기 바람을 쐬며 집에만 있는 것도 답답하고 좀이 쑤셨다.

한라는 물질을 나가는 할머니를 따라 바다로 나왔다. 할머니는 붉은 태왁을 끌어안고 오리발을 저으며 아득한 바다로 나갔다. 물살을 탄 할머니의 검은 등이 점점이 멀어져 갔다. 소라 금채기인 여름에도 할머니는 바다에 들어가 알이 굵은 보말을 캐서는 일일이 속살을 까서 식당에 내다 팔았다.

열세 살부터 해녀를 했다는 할머니는 이 마을에서, 아니 제주도에서 물질을 가장 잘했다고 한다. 뒤에서 보고 있으면 돌고래처럼 헤엄을 쳤다고 엄마가 말했다.

그러나 제주도에서 나고 자란 엄마는 수영을 할 줄 몰랐다. 인테리어며 패션 감각이 남달랐던 엄마의 꿈은 스무 살이 되어 서울로 올라가 대학을 다니고 직장도 얻어 도시에서 사는 거였다. 돈이 필요했던 엄마는 고등학교 때부터 주말에 예식장 아르바이트를 했다. 거기에서 꿈이 고깃배 선장인 아빠를 만났다. 아빠는 고깃배를 사기 위해 아르바이트를 하러 왔다고 했다.

"허, 어부가 웬 말인지. 선장이었던 아버지 가업을 잇겠다는데, 이건 뭐 사람이 말이 통해야지."

엄마가 한라를 물끄러미 쳐다보았다. 고집이라면 한라도 지지 않았다.

결국 아빠는 작은 고깃배 선장이 됐다. 엄마는 해녀 학교를 졸업한 뒤 할머니한테 물질을 배웠다. 하지만 한라가 엄마 배 속에 있을 때 아빠는 바다에서 돌아가셨다. 그 후로 엄마는 억만금을 줘도 다시는 바다에 들어가지 않는다고 했다.

엄마는 한라가 막 돌이 지났을 때 소리를 듣지 못한다는 걸 알았다. 읍내 병원에서 큰 병원으로 가 보라고 할 때만 해도 설마설마하면서 믿지 않았다. 하지만 서울로 가는 비행기에서 다른 아기들은 엔진 소리에 놀라 자지러지게 우는데 한라는 방실방실 웃으며 엄마를 쳐다보았다. 결국 울음을 터뜨린 건 한라가 아니라 엄마였다.

한라가 학교 갈 나이가 되자 두 사람은 제주도를 나왔다. 제주도에는 농학교가 없었다. 서울 변두리에 집을 얻어 시내 중심가에 있는 농학교와 언어 치료, 놀이 치료 센터를 매일 버스를 타고 오갔다.

한라가 농학교에 적응할 때쯤, 엄마는 집 근처에서 작은 옷 가게를 시작했다. 개업하던 날, 엄마는 마침내 꿈을 이룬 사람처럼 환하게 웃었다. 가게는 동네 사랑방이 될 정도로 단골손님이 많았다. 엄마는 새벽마다 동대문 도매 시장을 돌아다니며 고른 옷들을 직접 짊어지고 와 장사를 했지만 불경기가 계속되자 손님들 발길이 점점 뜸해졌다.

엄마는 조명이며 바닥까지 인테리어를 싹 바꾸고 그 자리에 화장품 가게를 열었다. 그해 옆 건물에 프랜차이즈 화장품 가게가 들어오면서 월세도 감당할 수 없게 되자 가게를 정리했다. 가게를 그만두면 마이너스 매출도 끝날 거라고 생각했던 엄마는 폐업을 하는 것도 개업하는 것만큼이나 돈이 든다는 걸 깨달았다. 결국 재고는 떨이로, 대출받았던 보증금은 은행에 다 돌려주고 나서야 가게를 정리할 수 있었다.

"제주도로 돌아가자."

한라는 알고 있었다. 곧 겨울 방학이니 제주도 할머니 집으로 놀러 가자는 이야기가 아니라는 걸, 제주도에 농학교가 없기에 일반 중학교로 진학해야 한다는 것도.

"한라야, 네가 살아가야 할 세상은 듣지 못하고 말을 안 해도 언제까지나 이해해 주고 기다려 주는 사람들이 있는 치료 센터도, 농학교도 아니야. 엄마는 네가 다른 아이들처럼 평범하게 살 수 있다면 더 바랄 게 없어."

한라는 평범하게 태어나지 않았는데 왜 다른 사람들처럼 살아야 하는지 이해가 되지 않았다.

다시 제주도로 돌아가는 이유도 뻔히 다 아는데, 한라가 물으면 엄마는 이렇게 말했다.

"아휴, 넌 신경 안 써도 돼. 중요한 일 아니니까!"

제주도로 돌아온 뒤로 엄마는 마을 앞 카페에서 일했다. 카페가 워낙 작아서 직원이라고는 엄마뿐이었다. 엄마는 카페가 마치 자기 가게인 양 새로운 메뉴를 개발하고 아기자기한 소품을 만들어

계절마다 인테리어에 변화를 줬다. 요즘은 인스타그램을 보고 찾아온 손님들로 카페가 꽤 북적거린다고 했다.

한라는 바닷가의 검은 돌을 밟으며 수영할 만한 곳을 찾았다. 아침에 엄마 몰래 반바지 대신 수영복을 입고 나왔다. 엄마는 한라 혼자서는 바다 근처에도 못 가게 했다. 하지만 여긴 온통 바다다. 여름 햇살이 파도와 부딪쳐 은빛으로 반짝거렸다.

한라는 땀으로 축축하게 젖은 티셔츠를 훌렁 벗어 버리고는 수영복 주머니에서 물안경을 꺼냈다. 물안경을 쓰고 얼굴을 담그자 수면 위와 수면 아래가 동시에 어른거렸다. 점점 깊은 곳으로 걸어 들어가자 물살을 타고 머리카락이 이리저리 나부꼈다. 햇살이 어룽거리는 검은 바위와 하얀 모래 사이로 작은 물고기들이 헤엄치는 게 보였다. 한라는 물고기를 쫓기도 하고 몸에 힘을 뺀 채 파도를 타기도 했다. 몸이 파도를 따라 '붕' 떴다 '슝' 하고 내려왔다.

하지만 물속에서 누리는 자유 시간은 오래가지 못했다. 카페로 출근했던 엄마가 한라를 바다에서 건져 냈다.

"엄마가 바다에 들어가지 말라고 몇 번을 말했어!"

엄마가 찰싹, 등을 때렸다. 맨 등짝이 화끈거리더니 금세 벌겋게 달아올랐다. 한라는 손이 닿지 않는 등짝을 어루만지며 엄마를 노려보았다.

엄마는 눈썹 하나 까딱하지 않고 버럭 소리를 질렀다.

"너, 인터넷 강의는 다 봤어? 평가 문제집도 풀라고 했잖아. 만날 밖으로만 나돌면서 신나게 놀고 있을 때가 아니라니까!"

신나게 놀기라도 해 봤으면 억울하지나 않지! 다른 아이들이 놀이터에서 놀 때, 한라는 언어 치료 센터를 다니며 미세하게 떨리는 성대의 울림을 느끼고, 선생님이 손가락을 입 안에 넣어 만들어 준 혓바닥 모양을 기억해야 했다. 놀이터에서 놀던 아이들이 초등학교에서 한글을 익히고 수학을 배울 때, 한라는 농학교에서 '아'와 '사'를 발음하고 같은 음인지 아닌지를 구별하는 청음 훈련을 받았다.

엄마는 한라가 그날 배운 구화를 비슷하게나마 발음할 수 있을 때까지 저녁밥도 주지 않았다. 때론 얼음주머니를 옆구리에 끼우고 억지로 눈꺼풀을 까뒤집으며 엄마 입술 모양을 읽게 하면서 어설프게라도 소리를 낼 때까지 말을 하는 훈련을 하고 또 하게 했다.

"엄마, 까패는?"

"내가 너 이럴 줄 알고 사장님에게 말하고 나와 본 거야!"

엄마의 왼쪽 뺨에 볼우물이 쏙 들어갔다. 마음에 없는 말을 하거나 거짓말을 할 때면 왼쪽 뺨에 볼우물이 깊게 파였다.

엄마는 갯바위에 발끝을 세우고 서서 할머니의 붉은색 꽃무늬 태왁을 눈으로 좇았다. 할머니의 태왁은 엄마가 천을 사다가 며칠 동안 손바느질해서 만들어 준 것이었다.

"어머니도 참, 오늘 몸이 안 좋다고 하셨으면서. 그냥 물질하지 마시고 좀 쉬시라니까."

엄마가 태왁에 몸을 맡긴 채 잠시 숨을 고르는 할머니를 걱정스레 쳐다보았다.

"한라야, 요즘 할망이 평소랑 좀 다른 것 같아 보이지 않니?"

다르다고 생각하면 좀 달라 보이기도 했다. 며칠 전에 할머니가 꽃무늬 태왁을 보며 이건 누구 것이냐고 한라에게 물었다. 괜히 장난을 치는 것 같아 보이지는 않았다.

엄마가 왼쪽 뺨을 실룩거리며 손을 내저었다.

"아이고, 넌 신경 쓰지 마. 중요한 거 아니니까!"

엄마는 항상 이런 식이다. 무슨 일이 있냐고 물어보면 만날 "나중에 말해 줄게. 중요한 거 아니야."라고 했다.

한라는 화가 나서 수어를 하며 소리쳤다.

"엄마는, 중요하지, 않다고, 나중에, 알려 준다고 하지만, 난, 알고 싶어. 나중이 아니라, 바로 지금!"

엄마가 눈을 휘둥그레 뜨고 한라에게 다가오더니 불쑥 딴소리를 했다.

"너, 보청기는 왜 안 끼고 나왔어? 엄마가 말했지? 수어하지 말고 소리 내 말을 하라고. 그래야 다른 사람들과도 어울려 살 수 있다고. 엄마나 할망이 언제까지 네 곁에 있을 수는 없잖아!"

한라는 듣기 싫다는 듯, 아니 보기 싫다는 듯이 눈을 질끈 감아 버렸다. 엄마는 한라 손을 우악스럽게 잡아챘다.

한라도 엄마 마음을 안다. 엄마는 이 세상에 혼자 남을 한라를 생각하면 자다가도 벌떡 깬다고 했다. 하지만 엄마가 아무렇지도 않게 말하는 그 한 마디를 하기 위해 한라는 연습을 하고 또 했다. 그런데도 사람들은 발음이 왜 그렇게 이상하냐고, 목소리가 듣기 싫다고, 못 알아듣겠다며 수군거리거나 놀려 댔다. 그럴 때마다 얼마나 부끄럽고 초라한지 엄마는 아무것도 모른다.

"더운데 여기 이러고 있지 말고 얼른 집으로 가!"

한라는 엄마 눈치를 살피며 슬금슬금 뒷걸음질쳤다. 여기에 더 있다간 뒷덜미를 잡혀 집으로 질질 끌려갈 게 뻔했다. 그러기 전에 먼저 튀어야 한다!

한라는 해안 도로를 따라 냅다 뛰었다. 바다에서 불어오는 후덥지근한 열기로 땀이 이마를 타고 줄줄 흘러내렸다. 남두항 너머 낮은 언덕 위에는 희미하게 아지랑이가 아른거렸다.

남방큰돌고래

해나는 제주도로 온 후로 한 번도 바다에 들어가 보지 못했다. 엄마가 걱정할까 봐 아빠랑 같이 간다고 했지만, 머리만 닿으면 곯아떨어지는 아빠에게 같이 다이빙을 가자고 부탁할 수는 없었다.

그런데 막상 혼자 바다에 들어가려니 겁이 났다. 바다로 내려가는 남두항 계단에 앉아 한참을 바다만 내려다보았다. 괜한 짓을 하는 거 아닐까? 지금이라도 아빠에게 전화해서 같이 가자고 할까?

하루라도 바다에 들어가지 않으면 바닷속이 궁금해 미치겠다고 했던 엄마였다. 스쿠버 다이빙 가게를 열었다고 말했을 때도 엄마 눈빛이 미묘하게 달라지는 걸 해나는 봤다. 남두항 바닷속을 사진으로 찍어 보여 주고 이야기를 들려주면 엄마는 분명 또 어떤 반응을 보일 것이다!

한낮의 태양이 정수리 위에서 지글지글 뜨겁게 타올랐다. 오리발을 신은 발이 땀으로 축축했다. 해나는 깊게 심호흡을 하고는 공기통을 들쳐 메고 바다로 뛰어들었다.

순간 상쾌한 물살이 해나를 기분 좋게 감싸 안았다. 먼저 호흡기를 입에 물고 부력 조절기에서 조금씩 공기를 빼며 힘차게 오리발을 저었다. 해나는 물속에 있을 때가 가장 좋았다. 중력이 느껴지지 않는 바닷속에서 마치 우주를 유영하는 우주 비행사가 된 기분이었다. 게다가 시끄러운 세상 소리도 들리지 않고, 호흡기를 문 채 숨을 들이마시고 내쉬는 것에만 정신을 집중하게 된다. 그러면 답답하고 복잡했던 생각들이 물거품처럼 산산이 부서져 버리곤 했다.

수심 이십 미터쯤 내려가자 형형색색 연산호들과 바다 소나무라 불리는 해송이 군락을 이룬 것이 보였다. 해나가 수중 카메라에 맨드라미꽃처럼 쭈글쭈글 주름진 가시수지맨드라미를 담고 있을 때였다.

팔뚝만 한 크기의 거북이 해초들 사이에서 낮게 유영하는 게 보였다. 푸른바다거북이었다. 몸이 거의 이 미터까지 성장하는 대형 거북인데, 크기로 봐선 아직 어린 거북이었다. 해나는 푸른바다거북을 쫓으며 신나게 오리발을 저었다. 어찌나 흥분했는지 호흡기에서 물거품이 왁자지껄 소란스럽게 쏟아져 나왔다.

그때였다. 하얀 배를 드러낸 검은 무언가가 바로 눈앞을 스쳐 지나갔다. 순간 심장이 멎는 것 같았다. 얼핏 봐도 몸집이 꽤 큰 녀석이었다. 와락 두려움이 밀려들면서 숨을 쉴 수가 없었다. 한국도 해수 온도가 높아지면서 청상아리가 출몰한 적이 있다는 기사를 본 적이 있었다.

엄마랑 세부섬 앞바다에서 다이빙을 할 때도 몸길이가 십 미터쯤 되는 고래상어와 함께 수영을 한 적이 있지만, 고래상어의 먹이는 작은 물고기나 새우지 사람이 아니었다. 다이빙을 하다 보면 언제든 상어를 만나는 날이 올지도 모른다. 상어가 공격해 오면 녀석의 눈이나 코를 오리발로 힘껏 걷어차 줄 생각이지만, 부디 오늘은 아니길 간절히 바랐다.

등 뒤에서 검은 무언가가 텀벙거리며 빠른 속도로 물살을 가르는 게 느껴졌다. 해나는 천천히 물 위로 떠오르며 녀석이 움직이는 쪽으로 몸을 돌렸다. 상어에게 물려가도 정신만 차리면 살 수 있다고 했다!

오늘도 스쿠버 다이빙 가게 문은 닫혀 있었다. 한라는 자물쇠가 걸려 있는 가게 앞을 괜히 왔다 갔다 했다. 붉은 글자가 어지럽게 써진 유리문 안을 들여다보았지만 어두워서 아무것도 보이지 않았다.

한라도 스쿠버 다이빙이 뭔지는 안다. 해녀들은 숨을 참고 바닷속에 들어가지만 스쿠버 다이버들은 공기통이 있어서 숨을 참을 필요 없이 깊은 바다까지 들어갈 수 있다. 해녀들도 공기통을 메고 바다에 들어가면 얼마나 좋을까? 숨을 참지 않아도 되니까 얼마든지 해산물을 채취해 올 수 있을 텐데 말이다.

바다로 내려갈 수 있는 항구 계단에 다다랐을 때였다. 한라 눈이 저절로 커졌다. 계단 아래 검은 잠수복을 입은 해나가 바다를 바라보며 앉아 있었다.

한참 동안 바다만 바라보던 해나가 자리에서 일어났다. 자기 몸집만큼이나 큰 공기통을 어깨에 메고는 몇 번 심호흡을 하는 것 같더니 순식간에 바다에 몸을 던졌다. 그러고는 이내 호흡기를 입에 물고 바닷속으로 사라져 버렸다.

한라는 입을 떡 벌린 채 해나가 바닷속 어디쯤에 있는지 눈으로 좇았다. 그때였다. 물속에서 검은 무언가가 불쑥 나타났다 사라졌다 했다. 남방큰돌고래였다.

수면 위로 동그란 물거품이 부글거리더니 해나가 불쑥 모습을 드러냈다. 검은 돌고래 떼가 물살을 가르며 해나 주위를 빙빙 맴돌았다. 남방큰돌고래들에게 둘러싸인 해나는 물속으로 들어가지도 못하고, 그렇다고 빠져나오지도 못하고 있었다. 파도 때문에 잘 보이지는 않지만 도와 달라고 손을 흔드는 것 같았다.

만약 해나가 도와 달라고, 살려 달라고 소리치고 있는데 듣지 못하고 있는 거라면……. 한라의 심장이 두근거리다 못해 금방이라도 터져 버릴 것 같았다. 수영복을 입고 오느라 휴대폰도 들고 나오지 않았다. 아무리 주위를 둘러봐도 도움을 청할 곳이 없었다. 하긴 이렇게 더운 날 바닷가를 돌아다니는 사람이 있을 리가 없었다.

한라는 저도 모르게 계단을 뛰어 내려갔다. 정신을 차렸을 때는 이미 바다에 몸을 던진 후였다. 수영이라면 누구보다 자신 있었다. 너울거리는 파도 때문에 바닷물이 자꾸만 입 안으로 밀려들었다. 조류까지 빨라 몸이 파도를 따라 이리저리 요동쳤다.

그렇게 얼마나 헤엄을 쳤을까? 해나가 마스크를 벗고 물 위에 둥둥 뜬 채 한라를 쳐다보고 있었다.

해나가 놀란 얼굴로 한라에게 물었다.

"너, 괜찮아?"

그건 한라가 묻고 싶은 말이었다. 한라는 물속에 가라앉지 않기 위해 분주하게 팔다리를 휘저었다. 해나가 한라 팔을 잡았다.

"나가자!"

해나는 바다에 등을 기댄 채 눈으로 한라를 좇으며 오리발을 저었다. 한라는 수영장에서 배운 평영을 하며 힘차게 파도를 갈랐다. 남방큰돌고래 떼가 연속으로 멋진 점프를 선보이며 먼바다로 향했지만 한라는 알지 못했다.

한라는 왜 바다에 뛰어든 걸까?

항구에 다다르자 해나는 오리발을 벗고 공기통을 들쳐 멘 채 계단을 올라갔다. 뜨겁게 달궈진 아스팔트 계단에 해나의 젖은 발자국이 선명했다. 한라는 한쪽에 벗어 놓았던 운동화를 들고 맨발로 발자국을 따라 계단을 올랐다.

해나는 공기통을 내려놓자마자 바닥에 주저앉아 찌릿찌릿한 통증이 느껴지는 종아리 근육을 주물렀다. 그러면서 조금 전 소동을 되짚어 보았다. 상어가 아니라 돌고래여서 천만다행이었다. 언제든 상어의 급소를 콱 걷어차 버릴 생각이었는데, 돌고래라는 걸 확인하자마자 긴장이 풀려서인지 오른쪽 종아리 근육이 뻣뻣해졌다.

해나는 물속에 얼굴을 담근 채 오리발 끝을 발등 쪽으로 힘껏 잡아당겼다. 종아리 근육이 풀리지 않아 몇 번을 더 그러고 있는데, 누군가 허우적거리며 헤엄을 쳐서 다가오는 게 보였다. 오한라였다. 순간 해나는 이상하게 마음이 툭, 놓였다.

한라는 왜 바다에 뛰어든 걸까? 한라에게 묻고 싶은 게 많았지만 지금까지 한 번도 이야기를 해 본 적이 없었다. 만날 눈을 감고 있어서인지는 모르겠지만 반 아이들도 한라랑 대화하는 걸 본 적이 없는 것 같았다. 가끔 소민이가 한라랑 입술 모양을 보며 말을 하는 듯했는데 그걸 대화라고 해야 하는지는 모르겠다. 소민이가 일방적으로 말하고 한라는 소민이를 물끄러미 쳐다만 보았다.

해나가 소리를 높여 물었다. 선생님도 한라에게 말할 때 머리가 다 울릴 정도로 쩌렁쩌렁한 소리로 말했다.

"너, 왜 바다에 뛰어든 거야?"

하지만 한라는 아까부터 다른 걸 보고 있었다. 땅바닥에 널브러져 있는 부력 조끼랑 호흡기를 호기심 어린 눈으로 내려다보았다.

해나가 한라의 어깨를 툭툭 치고는 바다를 가리켰다.

"왜, 바다에, 뛰어든, 거냐고!"

한라는 해나가 바다 쪽으로 몸을 돌리고 있어서 입술 모양을 보지 못했다. 그래서 그냥 해나에게 궁금한 걸 물었다.

"이거, 어재부터, 해떠?"

"응? 어제?"

해나는 한라가 무슨 말을 하는지 알 수가 없었다. 어제 무더웠다는 말인가?

한라가 스쿠버 다이빙 장비를 가리키며 다시 소리 내어 말했다.

"언재부터, 해떠? 다이빙을, 언재부터?"

"아, 다이빙 언제부터 했냐고?"

한라가 낮게 한숨을 내뱉었다. 안도의 한숨이었다.

"엄마 배 속에 있을 때부터 했지."

한라는 해나가 한 말이 무슨 의미인지 이해가 되지 않았다. 엄마 배 속에 있을 때부터 다이빙을 했다고? 어떻게 그게 가능하지? 농담을 하는 건가 싶기도 했다.

해나는 한라가 이야기를 더 듣고 싶어서 고개를 갸우뚱거리는 걸 미처 보지 못하고 한라 손에 들린 물안경을 가리켰다.

"너, 왜, 바다에, 뛰어든, 거야?"

한라는 해나가 물에 빠진 것 같아 도와주려 했다고 하기가 왠지 쑥스러웠다.

"나, 구해 주려고, 그런 거야?"

한라가 머리를 긁적이며 고개를 끄덕이자 갑자기 해나가 화를 냈다.

"위험하게 왜 그랬어? 네가 죽을 수도 있었다고!"

한라도 누군가에게 도움을 구하고 싶었지만 그때 주위에 아무도 없었다. 다시 그 상황이 온다고 해도 한라는 또 바다에 뛰어들 것이다.

해나는 또 자기가 하고 싶은 말만 하고는 몸을 휙 돌려 수돗가로 걸어갔다. 물이 가득 고인 커다란 고무 통에서 긴 호스를 꺼내더니 수도꼭지를 돌려 물을 틀었다. 해나의 까맣게 그을린 얼굴을 타고 물줄기가 시원하게 흘러내렸다.

한라가 제일 싫어하는 게 말을 하다 말고 상대방이 등을 보이거나 딴짓을 하는 거다. 그러면 표정도 읽을 수 없고 뭐라고 말하는지 알 수 없기 때문이다. 무엇보다 무시당하는 것 같아서 기분이 좋지 않았다. 한라는 일부러 발을 쿵쿵거리며 해나에게 다가갔다.

해나가 호스를 손에 쥔 채 몸을 돌려 한라를 향해 물을 뿌리기 시작했다. 한라가 빨갛게 달아오른 얼굴로 씩씩거리는 걸 보고는 더워서 그러는 거라고 제멋대로 생각했다.

한라가 놀라 물줄기를 피해서 요리조리 도망을 치자 해나가 웃음을 터뜨렸다.

"이미 다 젖었는데 뭘 그래?"

한라도 지지 않았다. 물이 가득 고인 고무 통에 바가지를 담아

물을 펐다. 바가지 안에 담긴 물에서 옅은 바다 냄새가 났다. 한라는 바가지를 휘두르며 해나에게 물을 뿌리기 시작했다. 해나는 등을 돌린 채 한라가 뿌린 물을 고스란히 다 받아 냈다. 한라와 해나 사이에서 크고 작은 무지개가 나타났다 사라졌다.

해나가 수도꼭지를 잠그고 돌아서서 한라를 똑바로 쳐다보았다.

"나, 바다에 들어갔다 온 거 비밀이다. 아빠가 알면 엄청 화내실 거야."

한라는 '비밀', '아빠'라는 입술 모양을 읽었다. 한라도 혼자 바다에 들어가면 엄마가 잔소리를 쏟아 냈다. 한라는 걱정 말라며 손을 내저었다.

한라 눈에는 바닥에 놓인 다이빙 장비들이 다 낯설고 신기하기만 했다. 검고 네모난 돌들이 달린 허리띠가 뭔지는 알고 있었다. 할머니도 물질을 할 때 부력 때문에 허리에 봉돌을 매달고 바다에 들어갔다.

한라는 바닥에 쭈그리고 앉아 시계같이 동그란 모양 안에 숫자들이 쓰여 있는 화살표를 가리켰다.

"이게 뭐냐고? 수심계야. 내가 현재 있는 물의 깊이를 알려 줘."

한라는 그 옆의 온도계 같은 것도 가리켰다. 그 옆의 것도.

"그건 수온계, 물의 온도를 표시해 주는 거야. 그리고 잔압계, 현재 내 공기가 어느 정도 남았는지를 알려 줘."

한라는 하나라도 놓칠 세라 해나의 입술 모양을 뚫어지게 바라보았다. 낯선 단어인 데다 말이 어려워 잘 이해할 수가 없었다. 뒷덜미에 들러붙어 떨어질 줄 모르는 저 뜨거운 태양 때문인지, 아까부터 자신을 빤히 쳐다보고 있는 해나 때문인지 몰라도 이상하게 머리가 어지러웠다.

한라는 눈을 끔뻑거리며 해나를 올려다보았다. 은색 공기통에 반사된 작은 햇볕 조각들이 물기를 가득 머금은 해나의 까만 이마 위에서 반짝거렸다.

체험 다이빙 대환영

다음 날, 한라는 할머니가 밭에 가고 없는 사이 마당에 있는 창고로 갔다. 창고에는 농기구며 온갖 잡동사니들이 뒤죽박죽으로 쌓여 있었다. 한참 동안 창고를 뒤진 끝에 구석에서 커다란 검은 비닐 봉투에 담겨 있는 고무 옷을 찾아냈다. 예전에 엄마가 입었던 해녀복이었다.

한라는 자신이 스쿠버 다이빙을 할 수 있을 거라고 생각해 본 적이 없었다. 잠수복을 입고 공기통을 멘 채 거침없이 오리발을 젓는 해나를 본 순간, 한라가 느낀 감정은 뭐라고 설명할 수 없을 정도로 복잡했다.

지금까지 한라가 할 수 있었던 일이라고는 수영장 안에서 누구보다 숨을 오래 참고 다이빙대 위에 올라 겁 없이 물속으로 뛰어드는 거였다. 떡볶이를 먹으러 같이 가고 싶어도 눈치껏 빠져 주고, 놀림을 당해도 아무렇지 않은 척 감정을 드러내지 않는 것만이 한라가 할 수 있는 선택들이었다. 어쩌면 자신도 수평선 너머 저 멀리, 한 번도 가 보지 못한 깊은 바닷속까지 갈 수 있을지도 모른다고 생각하니, 큰 파도가 휘몰아치는 것처럼 가슴이 울렁거렸다.

한라는 물건들을 다시 제자리에 돌려놓고는 창고를 빠져나왔다. 한 손에는 엄마의 해녀복을 들고! 한낮의 태양이 날카로운 바늘처럼 정수리에 내리꽂혔다. 얼마 걷지도 않았는데 등으로 땀이 줄줄 흘러내렸다.

이마까지 벌게진 얼굴로 한라가 가게 유리문 안을 들여다보았다. 다행히 오늘은 자물쇠가 걸려 있지 않았다. 살짝 유리문을 두드려 보았지만, 아무도 나오지 않았다. 잘 안 들리나 싶어 이번엔 세차게 문을 흔들었다.

그때 가게 안 쪽방에서 누군가 걸어 나왔다. 한 아줌마가 길게 하품을 하며 문을 열었다. 지금까지 자고 있었는지 머리가 온통 헝클어져 있고 눈가에는 커다란 눈곱도 달려 있었다. 한라는 저도 모르게 한 걸음 뒤로 물러났다.

아줌마가 양손으로 부스스한 얼굴을 비비며 입술을 움직였다.

해나 이야기를 하는 것 같았지만 손으로 입을 가리고 있어서 무슨 말인지 알아볼 수 없었다. 한라가 가만히 서서 멀뚱히 쳐다만 보자, 아줌마는 그제야 잠이 깬 듯 한라를 내려다보았다.

"해나, 지금 없다고……. 병원에 갔어."

순간 한라는 다리에 힘이 탁 풀리는 것 같았다. 이 더운 날, 아침 내내 창고에서 잠수복을 찾느라 온몸이 땀에 절어 시큼한 냄새까지 났다.

"해나랑 같은 반 친구니?"

한라는 가게 한쪽에 사이즈별로 걸려 있는 잠수복들을 쳐다보느라 아줌마가 하는 말을 보지 못했다. 아줌마가 눈을 동그랗게 뜨고 한라에게 다가왔다.

"내 말 듣고 있는 거니?"

아줌마가 말을 하고 있다는 걸 알아챈 한라는 손가락으로 보청기를 가리켰다.

"아……."

그냥 그게 다였다. 아줌마는 왜 진작 말하지 않았냐고 화를 내지도, 그렇다고 한라를 불쌍하게 보지도 않았다.

"이름이 뭐니?"

한라가 입을 크게 벌려 또박또박 큰 소리로 대답했다. 몇 번을 말해도 아줌마는 한라가 하는 말을 알아듣지 못했다.

"모하니? 모하나?"

엄마는 한라에게 항상 웃으며 예의 바르게 행동해야 한다고 했다. 상대방이 중간에 말을 끊거나 다른 말을 해도 화를 내서는 안 된다고 지겨우리만치 강조했다.

한라는 목소리를 가다듬고 다시 또박또박 큰 소리로 말했다. 다른 사람들 같으면 벌써 알아들은 척하며 고개를 끄덕거렸을 텐데 아줌마는 포기를 몰랐다.

아줌마가 손바닥을 내밀었다.

"여기에다 이름을 써 줄래?"

한라는 아줌마 손바닥 위에 한 글자씩 썼다. 아줌마는 간지러운지 이리저리 몸을 비틀면서 소리 내어 한라 이름을 말했다.

"오, 한, 라."

한라가 고개를 끄덕이자 아줌마 얼굴이 환해졌다.

"우리가 어떻게 대화하면 좋을까?"

한라가 입 모양을 읽을 수 있고 수어도 할 수 있다고 하자 아줌마가 말했다.

"스쿠버 다이빙할 때도 물속에서 듣지도 말하지도 못해. 그래서 서로 수신호를 한단다. 그만 물속에서 나가자고 할 땐 이렇게 손가락 두 개로 발을 차며 헤엄치는 동작을 하는데……."

수어도 똑같다. 한라가 똑같다는 수어를 하며 세차게 고개를 끄덕였다. 그러자 아줌마가 주먹을 꽉 쥐고는 앞으로 불쑥 내밀었다. 한라가 어리둥절한 얼굴로 바라보자 아줌마는 주먹을 서로 맞부딪치는 흉내를 냈다. 그제야 한라가 주먹을 쥐고 아줌마 주먹과 부딪쳤다. 아줌마의 주먹이 어찌나 단단한지 좀 아팠다.

이상하게도 한라 입에서 저절로 웃음이 터져 나왔다.

"근데 손에 든 그건 뭐니? 잠수복 같은데."

한라는 팔을 뻗어 '체험 다이빙 대환영'이라는 붉은 글자를 가리켰다. 아줌마가 뭔가를 골똘히 생각하는 듯 아랫입술을 지그시 깨물었다.

"이렇게 하는 건 어떠니? 네가 나한테 수어를 가르쳐 주면 난 너한테 스쿠버 다이빙을 가르쳐 주는 거 말이야."

순간 한라는 아줌마의 입술 모양을 잘못 읽은 거라고 생각했다. 듣기도 하고 말도 하는 청인이 왜 수어를 배운다는 걸까? 엄마도 수어를 할 줄 모른다. 한라가 수어를 하면 입 모양을 보고 읽으며 소리를 내는 구화를 하라고 오히려 화를 냈다. 그래야 다른 사람들과 어울려 살 수 있다고.

"어쩌면 지금까지 한 번도 생각을 못 해 봤을까? 바닷속에서 간

단한 수신호만으로는 소통이 잘 안 되거든. 근데 스쿠버 다이버들이 수어를 할 줄 안다면 위험에 빠졌을 때 무리하게 물 위로 올라오지 않아도 되니까!"

한라한테 물어보는 건지 아니면 혼자 묻고 답하는 건지, 아줌마는 한참을 중얼거렸다. 그러고는 허리를 뒤로 젖히며 목젖이 다 보이도록 웃었다. 아무리 봐도 이상한 아줌마였다. 그중에서도 제일 이상한 건 이거였다.

사람들은 한라에게 이런 걸 묻곤 했다.

"보청기를 했는데 왜 못 들어? 언제부터 안 들렸어? 귀에다 대고 말하면 들려?"

그런데 아줌마는 다른 사람들과는 완전히 다른 걸 물었다.

"한라야, 넌 어때? 우리 같이 한번 해 볼래? 혹시 생각할 시간이 필요하니?"

한라도 잠시 생각이란 걸 해 보니 썩 나쁘지 않은 제안이었다. 아니, 완전 마음에 들었다. 게다가 공짜로 배우는 것도 아니다. 자신도 수어를 가르쳐 주니 말이다.

"아, 먼저 내 소개를 해야지. 내 이름은……."

아줌마가 고개를 돌려 유리문에 써진 '해마 스쿠버 다이빙'이라는 글자를 쳐다보았다. 혹시 이름을 잊어버린 건 아닌가, 걱정이

되려고 할 때쯤 아줌마가 천천히 입을 열었다.

“해마 강사라고 해. 다이빙 경력은 이십 년 정도 됐고, 내가 가르친 사람만 해도 아마 수백 명은 될 거야. 물론 수상 인명 구조 자격증은 기본이고 말이지.”

해마 강사가 영어가 어지럽게 써진 자격증 같은 걸 보여 주고는 얼른 지갑에 도로 넣었다. 그러더니 또 허리에 손을 얹고 호탕하게 웃었다.

“바다의 신 포세이돈이 타고 다녔던 게 해마라는 이야기 들어 봤니? 믿기 힘들겠지만 사람들은 날 바다 괴물이라고 불렀단다.”

믿기 힘들었다. 자격증을 보긴 했지만 그냥 동네 아줌마 같은데 스쿠버 다이빙을 한다는 것도, 별명이 바다 괴물이라는 것도. 근데 해마가 포세이돈이 타고 다닐 정도로 큰 바다 생물이었나?

여하튼 그날부터 한라는 해마 강사한테 스쿠버 다이빙을 배우기로 했다. 해마 강사는 매일 낮 12시에 오라고 했다. 하필 햇볕이 가장 뜨거운 시각에 오라는 게 썩 내키진 않았지만, 그 시각에 해나가 병원에 가기 때문이란다. 해나한테는 자신에게 다이빙을 배우는 걸 비밀로 해 달라고 했다. 어쩐지 한라는 그것도 좋았다.

영웅에게 닥친 사고

혼수상태였던 엄마가 눈을 뜬 건 사고가 나고 한 달 만이었다. 의사 선생님은 눈만 떴을 뿐이지 의식이 완전히 돌아온 건 아니라고 했다. 사고로 뇌를 다치긴 했지만 깨어나려는 엄마의 의지가 강한 것 같다는 말도 했다.

해나와 아빠는 엄마가 몸을 움직이지는 못해도 의식이 깨어 있다는 걸 안다. 아직 말을 하진 못하지만 해나가 하는 말을 다 듣고 있다는 것도.

해나는 눈을 뜨고 천장만 바라보고 있는 엄마 옆에 누웠다. 엄마 품에서 나던 바다 냄새는 사라지고 코를 찌르는 소독약 냄새와 생기를 잃은 살냄새가 진동했다. 해나가 엄마 손을 살짝 들어 손가락 사이사이에 자신의 손가락을 끼웠다. 공기통을 번쩍번쩍 들어 올리던 단단한 손이 힘없이 미끄러져 내리려고 했다. 해나는 엄마와 깍지 낀 손에 힘을 주고는 남두항 앞 바닷속 사진을 보여 주며 그날의 이야기를 종알거렸다.

"엄마, 남두항 앞 바닷속에도 푸른바다거북이 있어. 보홀에선 마을 사람들이 거북을 개복이라고 불렀잖아. 동네 개들만큼이나 많다고 말이야. 아 참, 남방큰돌고래 떼도 만났어. 엄마 없이 바닷속에서 돌고래 떼를 만나니까 좀 무서웠는데, 친구가 나를 구해 준다고 바다에 뛰어든 거 있지?"

한라는 무슨 생각으로 바다에 뛰어든 걸까? 자신이 위험할 수 있다는 생각은 하지 않았던 걸까?

해나는 너울이 이는 파도를 가르며 나타났던 한라를 생각했다. 뚫어져라 빤히 쳐다보던 까만 눈동자, 배시시 웃을 때 살짝 말려 올라간 입꼬리, 젖은 머리카락을 털 때 흩날리던 작은 물방울들, 그 주위에 나타났다 사라졌다 하던 무지개를 떠올리고는 세차게 고개를 저었다. 심장 박동이 이상하게 빨리 뛰었다. 얼굴이 자꾸만 화끈거려 당장 이불 킥이라도 날리고 싶었다.

해나는 얼른 이불을 뒤집어쓰고는 엄마 품으로 파고들었다. 평소 같으면 간지럽다며 깔깔거렸을 텐데 이제 엄마는 웃지 않는다.

엄마의 얕은 숨소리를 듣고 있으면 머릿속에 수많은 질문들이 파도 거품처럼 일었다.

그날, 엄마는 왜 예약되어 있던 강습도 다 취소하고 구조대에 합류했을까? 더 이상은 못 하겠다고 말하지, 왜 끝까지 바다에 뛰어든 걸까? 아빠랑 나를 생각하지 않았던 걸까? 엄마가 무사히 돌아오기를 얼마나 간절히 기다렸는지 몰랐을까?

그런 생각을 할 때면 엄마가 미웠다. 다른 사람들이 포기할 때도 조난자들을 구조하려 하다 사고가 났다는 이야기를 들을 때면, 엄마가 아빠랑 자신은 생각하지 않은 것 같아 화가 났다.

그날 이후로 모든 게 변했고 사라졌다. 게스트 하우스와 스쿠버다이빙 가게는 문을 닫았고, 엄마를 좋아하고 따랐던 사람들도 하나둘 떠났다. 보상금은 엄마 병원비로 다 써 버렸다. 아빠는 엄마가 있는 병원에서 잠을 자고 새벽에 게스트 하우스로 돌아와 손님들을 위해 아침을 준비하고 청소를 하는 것만으로도 몇 년은 늙어버린 것 같았다.

해나는 아빠가 병원 가고 없는 밤에 혼자 게스트 하우스를 지킨다. 때론 낯선 새 울음소리 때문에 밤을 샌 적도, 길고양이 발소리에 놀라 잠을 깬 적도 있다. 그래도 이런 건 하나도 힘들지 않았다. 가장 무서운 건 가까운 사람들이 하는 말들이었다.

“그러게, 왜 거기까지 가서 그런 무리한 행동을 했대?”

“스쿠버 다이빙이 얼마나 위험한 일인데 처음부터 하지 말라고 그렇게 말했건만. 다른 사람들처럼 평범하게 살았더라면 그런 일이 벌어지지 않았을 거다.”

낯선 사람들이 사정을 다 안다는 듯이 건네는 동정 어린 시선과 위로의 말도 견디기 힘들었다. “힘내!”라는 말은 이젠 넌더리가 났다. 아빠와 해나는 죽을힘을 다해 견디고 있었지만 달라지는 건 아무것도 없었다.

살아 있는 소리

"이건 부력 조끼야. 이 조끼 안에 공기를 넣으면 몸이 떠오르고, 빼면 물 밑으로 내려갈 수 있어."

해마 강사가 다이빙 장비들을 하나씩 늘어놓으며 설명을 시작했다. 하지만 말이 빨라서 한라는 거의 이해하지 못했다.

해마 강사는 한쪽 벽에 한 줄로 늘어서 있는 공기통을 가리키며 말을 이었다.

"이 공기통 안에는 산소, 질소, 이산화탄소가 들어 있어. 그런데 물속에서 잠수를 하다가 너무 빨리 올라오면 몸이 망가져 버린단다. 혹시 잠수병이라고 들어 봤니?"

한라는 '잠수병'이라는 입술 모양을 읽고는 고개를 끄덕였다.

할머니는 물질을 갈 때마다 하얀 가루약을 먹는다. 물질을 더 잘 하기 위해서 먹는 거라고 했지만, 실은 오랫동안 물질을 하다 생긴 잠수병 때문이라고 했다.

"콜라병을 딸 때 '펑' 하고 거품이 생기는 것처럼 바닷속에서 압력이 높은 상태로 있다가 바로 올라오면 몸속에 있는 질소가 거품이 돼서 혈액 속에 돌아다니게 되는데, 그걸 잠수병이라고 한단다. 물 위로 떠오를 때는 무조건 천천히 상승해야 해! 수심 오 미터에서 삼 분 동안 멈춰 서서 감압은 필수야!"

한라는 열심히 고개를 끄덕거리며 해마 강사의 입 모양을 바라보았다. 한창 설명을 해 나가던 해마 강사가 한라를 물끄러미 쳐다보았다.

"한라야, 내 말이 어렵지 않니?"

어려웠다. 단어가 낯설어 입술 모양을 읽지 못한 것도 있었다. 그렇다고 가만있자니 그것도 모르냐고 할까 봐 해마 강사의 표정을 살피며 고개만 끄덕였던 것이다.

"모르겠으면 다시 설명해 달라고 해도 돼. 괜찮으니까."

해마 강사는 날짜가 한참 지난 달력을 바닥에 펼쳤다. 그러고는 뒷면에 그림을 그리고 글자를 써 가며 장비 사용법과 이론은 물론 감압하는 방법을 설명하고 또 했다.

스쿠버에 관한 한 모르는 게 없는 것 같은 해마 강사도 수어를 배우는 시간에는 그렇게 썩 훌륭한 학생은 아니었다. 어제 배운 걸 오늘 하나도 기억하지 못했다. 한라는 휴대폰 메모장에 이렇게 적어 내밀었다.

괜찮아요. 기억 안 나면 잊어버렸다고 해도 돼요.

해마 강사는 기억력은 좋지 않아도 눈을 맞추고 표정으로 감정을 표현하는 건 참 잘했다. 온갖 몸동작을 섞어 가면서 손가락을 모았다 폈다 하며 수어로 바닷속 풍경을 묘사할 때는 한라도 진짜 그곳에 함께 있는 것만 같았다.

"우리 지구는 칠십 퍼센트가 바다야. 바닷속에는 육지와 마찬가지로 식물도 있고 산호로 우거진 숲도 있고 사막도 있어. 바람이 부는 것처럼 조류도 흐르지. 겨울에 제주 바닷속에 들어가면 모자반이 길게 자라서 조류를 따라 흔들리는 모습이 얼마나 아름다운데. 직접 보지 않고 말로는 설명할 수 없단다."

해마 강사는 일단 바다 이야기를 시작했다 하면 신이 나 제멋대로 손가락을 움직였다.

"아, 한번은 다이빙을 하다 거의 십 미터 정도 되는 고래상어를 만난 적이 있었어. 그렇게 큰 고래상어는 난생처음이었지. 진짜 어마어마했단다."

해마 강사가 양팔을 크게 벌리며 그때의 상황을 생생하게 설명했다. 한라가 어떻게 상어랑 같이 수영을 할 수 있냐며 거짓말이라고 수어를 하자, 해마 강사는 한쪽 뺨을 부풀려 손가락으로 톡톡 두들겼다.

"뻥 아니야! 진짜라니까. 해나한테 물어봐. 그때 해나랑 사부님도 같이 있었으니까."

순간 해마 강사의 눈빛이 불안하게 흔들렸다.

사실 한라는 해나가 왜 병원에 다니는지 몹시 궁금했다. 무거운 공기통도 번쩍번쩍 들고 오리발도 돌고래 저리 가라 할 정도로 엄청 힘차게 차던데 어디가 아픈 걸까?

"해나는, 왜, 병원에, 가요?"

"난 사부님 덕분에 바다를 만났어. 바다를 보고 있어도 바다가 그립다는 걸 그때 처음 알았지."

한라 말을 제대로 못 들었는지 해마 강사가 다른 말을 했다.

"학교를 졸업했지만 그때까지도 난 내가 뭘 좋아하는지, 어떤 일을 하고 싶은지 몰라서 방황했어. 아르바이트를 해서 모은 돈으로 배낭을 메고 여러 나라들을 돌아다녔지. 그때 필리핀에서 우연히 한 사람을 만났어. 그 사람은 보홀섬에서 스쿠버 다이빙 강사를 한다고 했어. 재미있을 것 같더라. 그 사람을 사부님이라고 부르며 따라갔어."

한라는 멋진 잠수복을 입고 에메랄드빛 바닷속을 헤엄치는 다이버들의 모습을 상상했다. 각양각색 물고기들이 다이버들 주변을 맴돌고 다이빙 강사는 자신을 따라오라며 수신호를 한다. 다이버들은 강사의 손짓에 맞춰 유유히 바닷속을 자유롭게 누빈다. 한라는 마치 자신이 다이빙 강사라도 된 듯 가슴이 두근거렸다.

해마 강사가 가만히 한라 눈을 들여다봤다.

"한라야, 다이빙에서 가장 중요한 게 뭔지 아니?"

한라가 고개를 갸웃거렸다. 물속에서 부력을 조절하는 중성 부력인가? 아니면 감압?

"바다를 무서워하지 않는 것!"

해마 강사의 말에 한라가 씩 웃었다. 그것만큼은 누가 뭐래도 자신 있었다. 한라는 바다가 하나도 무섭지 않았다.

"난 바다가 무섭다. 근데 바다를 보지 않고는 살 수가 없어."

해마 강사가 쪽방에서 한라산 그림이 있는 소주 한 병과 요구르트를 들고 나왔다.

"오늘은 축하주를 한잔해야지. 내가 아는 이론은 다 가르쳤어.

문제는 실전이지."

해마 강사는 바닥에 앉더니 종이컵에다 소주를 따랐다. 한라에게는 요구르트를 내밀었다. 한라는 요구르트를 단숨에 시원하게 들이켜고는 빈 병을 바닥에 내려놓았다. 그러고 나니 조금 용기가 생겼다.

한라가 수어로 물었다.

"바닷속에서는 어떤 소리가 들려요?"

해마 강사는 종이컵을 바닥에 내려놓더니 한라 손을 덥석 잡았다. 그러고는 한라의 가슴 위에 손을 올려놓았다.

"이렇게 심장이 뛰는 소리가 들리지. 바닷속에선 내가 살아 있는 소리가 들려."

거짓말

"현소민, 너도 오늘부터 엄마 가게에 일하러 나와."

소민이보다 두 살 많은 유민이 언니는 사사건건 소민이 일에 간섭하고 잔소리를 해 댔다. 자기가 무슨 엄마인 줄 아는 것 같았다.

오늘부터 일주일 동안 학원이 방학이지만 소민이는 해녀 식당에서 일하는 것만큼은 진짜 하기 싫었다. 같은 반 서아는 학원 방학을 하자마자 친척 집에 간다며 서울로 갔다. 누구는 SNS에 놀이공원이며 워터파크에 다녀온 사진을 올리는데, 소민이는 일주일 내내 해물 뚝배기를 날라야 할 판이었다.

"넌 물질하고 와서 식당 일까지 하는 엄마가 불쌍하지도 않냐?"

"솔직히 언니도 용돈 벌려고 식당 일 하는 거잖아. 영화 보려면

돈 필요해서 엄마 가게에서 아르바이트하는 거면서!"

미스터리 영화 마니아인 유민이 언니는 영화감독이 되는 게 꿈이다. 그래서 돈만 생기면 영화관에 가거나 휴대폰을 끼고 살면서 틈나는 대로 유튜브로 영화 리뷰를 봤다.

"너도 엄마 가게 도와 드리면서 용돈 벌면 되잖아."

"언니는 식당 일 그만하고 싶은데 엄마가 성수기라 안 된다고 했지? 다른 사람 구하면 그때 그만두라고 한 거 내가 모를까 봐? 그리고 난 용돈 필요 없거든."

소민이는 한라 할머니한테 용돈을 받고 있다는 말을 아무에게도 하지 않았다. 엄마가 알면 가만두지 않을 거다.

"소민아, 이렇게 부탁할게. 일주일만 해라! 아니, 딱 오늘만! 내가 보고 싶은 영화, 내일이면 극장에서 상영 안 한단 말이야."

'쳇, 온갖 착한 척은 다 하더니 드디어 본색을 드러내는군.'

"나, 숙제 해야 돼. 학원 숙제가 얼마나 많은지 알아?"

유민이 언니가 꽥꽥 소리를 지르며 길길이 날뛰었다.

"못된 기집애! 현소민, 너 두고 봐!"

저래 가지고 무슨 영화감독이 되겠다는 건지. 두고 보자면 누가 무서워할 줄 알고! 유민이 언니는 그렇게 영화를 많이 봤으면서도 세상 돌아가는 이치와 원리를 전혀 모른다. 게다가 눈치코치도 없다. 왜 식당 이름이 '유민이 식당'이 아니라 '소민이 식당'인지 모르는 것처럼.

이런 날에 집에 있다간 언니에게 무슨 날벼락을 당할지 모른다. 소민이는 얼굴과 팔다리에 하얗게 선크림을 바르고는 집을 나섰다. 방학식 날 떡볶이 먹고 남은 오천 원짜리 지폐를 만지작거리며. 에어컨이 빵빵하게 나오는 카페에 가서 시원한 레모네이드나 한잔 마실 생각이었다.

소민이가 오일장에서 산 삼선 슬리퍼를 질질 끌며 막 남두항을 지날 때였다. 한라가 땀을 뻘뻘 흘리면서 다이빙 가게 안에서 스쿠버 다이빙을 할 때 쓰는 공기통을 들었다 놨다 하고 있었다. 소민이는 그냥 갈까 하다가 궁금함을 참지 못하고 한라에게 다가갔다.

"너, 여기서 뭐 해?"

한라가 인기척에 놀라 고개를 들었다.

소민이가 팔짱을 낀 채 한라를 비딱하게 바라보았다.

"어, 어."

한라는 오늘 병원에 가 봐야 한다면서, 오자마자 가게를 나간 해마 강사가 다시 돌아온 줄 알고 깜짝 놀랐다. 집으로 가는 척하며 다시 가게로 돌아왔기 때문이다. 자물쇠 비밀번호는 해마 강사 어깨너머로 슬쩍 봐 두었다.

소민이가 대답을 기다리기 지루하다는 듯이 한쪽 다리를 달달 떨어 댔다.

"그건 뭐야?"

한라는 손에 들고 있던 부력 조끼를 등 뒤로 감췄다.

이론 교육이 다 끝나고 일주일이 넘도록 해마 강사는 바다에 들어가자는 말을 하지 않았다. 만날 공기통과 부력 조끼를 단단하게 조이고 잔압계를 확인하는, 그 지겨운 걸 하고 또 하게 했다. 아직 실력이 안 돼 그러는지도 모르지만, 한라는 당장이라도 바다에 뛰어들고 싶어서 안달이 났다.

소민이가 가게 안을 기웃거리더니 한라를 똑바로 쳐다보았다.

"안에 아무도 없는데? 주인도 없는데 마음대로 남의 물건 만지면 도둑이야!"

소민이가 마치 어린아이를 혼내는 것처럼 한라를 나무랐다.

한라가 등 뒤로 감췄던 부력 조끼를 들어 올리며 말했다.

"나, 여기떠, 다이빙, 배워."

소민이는 말도 안 된다며 헛웃음을 지었다.

해마 강사는 해나에게 비밀이라고 했지, 다른 사람에게까지 말하면 안 된다고 하지 않았다. 안 그래도 한라는 누군가에게 스쿠버 다이빙을 배우고 있다고 자랑하고 싶어서 손가락이 다 근질근질했다.

평소라면 무슨 소리를 하는지 하나도 모르겠다며 얼굴을 찌푸렸을 소민이가 한 단어라도 놓칠까 싶어 귀를 기울였다.

"진짜야? 공짜로?"

한라가 손을 저으며 자신은 수어를 가르쳐 주고 있다고 했다.

소민이 눈이 조금 커졌다. 소민이는 한라에게 수어를 배워 봐야겠다고 생각해 본 적이 없었다. 한라가 이상한 목소리로 말할 때면 무슨 말을 하는지 몰라 인상만 썼지, 수어로 대화를 할 수 있다는 건 생각해 보지 못했다.

소민이가 한라 앞으로 불쑥 얼굴을 들이밀었다.

"바다에도 들어가 봤어?"

한라가 시무룩한 얼굴로 고개를 저었다.

"왜 바다엔 안 들어가?"

한라도 이유를 몰랐다. 해마 강사는 바다에는 들어가지 않고 바라보기만 했다.

소민이는 믿을 수 없다는 표정으로 입술을 실룩거렸다.

"진짜로 다이빙 배운 거 맞아? 거짓말하는 거 아냐?"

"아냐!"

사실 한라가 입술 모양을 본다고 해서 상대방이 무슨 말을 하는지 다 아는 건 아니다. 몇 가지 단어와 앞뒤 상황을 통해 대강 짐작해 대답할 뿐이었다. 사람들은 한라가 모르면서도 아는 척한다거나, 보청기가 있는데 못 듣는 척 거짓말을 하고 있다고 생각했다. 정작 상대방이 자신을 놀리는 걸 뻔히 알면서도 한라가 모르는 척해 준다는 건 생각지도 못했다.

"스쿠버 다이빙 배웠으면 한번 해 봐. 그럼 믿어 줄게."

한라는 단호하게 고개를 저었다. 이론을 배우긴 했지만 실전은 한 번도 해 본 적이 없었다.

"뭐야, 진짜 거짓말이었잖아?"

소민이가 그럼 그렇지, 하는 얼굴로 막 돌아서려는데 한라가 소민이 앞을 가로막았다. 스쿠버 다이빙 이론서며 가게에 있는 해양 생물 도감까지 모두 다 섭렵한 한라였다. 다이빙 장비를 점검하고 해체하는 건 이제 눈 감고도 할 수 있었다.

어떻게 하면 좋을까? 분명 해마 강사는 안 된다고 할 게 뻔했다. 그렇지만 거짓말쟁이가 되기는 싫었다.

한라가 침을 꿀꺽 삼키고서 말했다.

"내일, 두 띠! 여기로, 두 띠에 와!"

해마 강사는 항상 오후 두 시가 좀 안 돼 가게를 나갔다. 그러면 한라는 이론서를 읽고 장비 사용법을 익히고 또 연습하다 세 시에 집으로 갔다. 그때까지도 해나는 오지 않았다. 해마 강사가 나간 뒤 바다에 들어갔다 오는 것까지 한 시간 안에 다 끝내야 했다. 미리 장비를 점검해 놓으면 착용하는 거야 금세 할 수 있었다.

한라는 소민이가 못 알아들었을까 봐 한 번 더 "두 시!"라고 힘주어 말했다.

침입자

해나는 스쿠버 다이빙 가게 안을 몇 번이나 다시 살폈다. 아무리 봐도 뭔가 수상했다.

예전에 낚시용품을 팔던 가게는 군데군데 페인트칠이 벗겨지고 바닥엔 오래된 껌 자국이 들러붙어 엉망이었다. 해나와 아빠는 먼저 페인트칠을 하고 한쪽 벽에 스탠드 옷걸이를 설치해 사이즈와 두께별로 다이빙복을 걸었다. 그 옆의 선반 위에는 부력 조끼와 호흡기, 오리발과 마스크를 종류별로 정리했다. 사실 다이빙 용품을 갖다 놨다뿐이지, 가게 가운데가 텅 비어 그냥 창고 같았다.

아빠가 썰렁한 다이빙 가게를 둘러보며 말했다.

"여기 한가운데에 커다란 테이블을 둬서 사람들이 모여 앉아 맛

있는 음식을 나눠 먹으면서, 그날 다이빙을 하며 봤던 바닷속 이야기를 할 수 있는 공간을 만들자."

그런데 며칠 전부터 가게 안의 부력 조끼가 풀어 헤쳐져 있거나 공기통 위치가 달라져 있었다. 처음엔 아빠가 왔다 갔다고 생각했다. 하지만 쪽방에서 컵라면 면발(아빠는 컵라면을 싫어했다.)과 반쯤 먹다 남긴 숨겨 둔 소주병을 발견했을 때 의심은 확신으로 바뀌었다. 누군가 이곳에 있다!

침입자는 해나가 오후 늦게나 가게에 온다는 것도 알고 있는 듯했다. 그렇지 않고서야 이렇게 한 번도 마주치지 않을 수가 없었다.

해나는 아빠에겐 친구랑 시내로 영화를 보러 가기로 해서 엄마 병원에 가지 못한다고 거짓말을 했다. 그런 다음에 썩 내키지는 않았지만 가게 뒤편에 있는 공용 화장실에 숨어서 지켜봤다.

오랫동안 방치되어 지린내가 진동했던 화장실이 며칠 새 많이 달라져 있었다. 화장실 문을 열자마자 잔잔하게 클래식 음악이 흘러나오고, 누군가 청소를 했는지 쓰레기통은 싹 비워져 있었으며, 달달한 방향제 냄새까지 났다. 다행이었다.

해나는 손에 휴대폰을 꼭 쥔 채 화장실 창문으로 밖을 내다보았다. 언제든 도둑이 모습을 드러내면 휴대폰 카메라로 찍어 당장 경찰에 신고할 생각이었다.

뜻밖에 남두항에 모습을 드러낸 사람은 오한라였다. 화장실이 가게 뒤에 있어 잘 보이진 않았지만, 한라가 스쿠버 다이빙 가게의 슬라이딩 문을 여는 소리가 들렸다. 그리고 얼마 지나지 않아 선크림을 덕지덕지 발라 하얀 가면을 쓴 것 같은 얼굴로 소민이가 다가왔다.

그럼 가게에 몰래 드나들던 사람들이 한라랑 소민이었던 거야? 두 사람은 가게에서 뭘 하고 있었던 거지? 둘이 컵라면을 먹고 소주를 마셨나? 자물쇠 비밀번호는 어떻게 알았지? 별의별 생각들이 해나 머릿속을 가득 채웠다.

자기 멋대로 행동하는 소민이야 그렇다 쳐도, 학교에서 창가 자리에 앉아 창밖만 내다보던 한라를 이곳에서 볼 거라고는 생각지 못했다. 자신을 구해 주려고 했으면서도 미안해하며 쑥스럽게 웃던 한라가, 가게를 몰래 들락거렸다는 게 통 믿기지 않았다.

해나의 심장이 빠르게 뛰었다. 지금 두 사람이 가게에서 뭘 하고 있는지 궁금해 미칠 지경이었다. 해나는 슬며시 화장실 문을 열고는 몸을 낮춰 재빨리 가게 뒤편으로 숨어들었다. 뜨겁게 달궈진 아스팔트에서 열기가 확확 올라왔다. 해나는 쿵쾅거리는 가슴을 누르며 소리에 귀를 기울였다.

그때, 내일 여기서 다시 만나자고 하는 한라 목소리가 들렸다. "걱정 마!"라고 말하며 소민이가 웃는 소리도 들렸다. 소민이는 뭐가 그리도 신이 났는지 슬리퍼 끝을 딱딱거리며 해안 도로를 따라 사라졌다. 한라도 서둘러 가게 문을 닫고는 남두항을 빠져나갔다.

해나는 두 사람의 모습이 더 이상 보이지 않게 된 뒤로도 한참 동안을 가게 뒤에 숨어 있었다. 두 사람이 어떻게 자물쇠가 걸려 있는 주인도 없는 가게에 들어올 수 있었는지 도무지 알 수가 없었다. 떳떳하게 모습을 드러내지 못하고 숨은 자신도 한심하고 이해가 되지 않기는 마찬가지였다.

해나가 가게 문을 열자 뜨거운 공기가 훅 하고 밀려 나왔다. 문을 활짝 열고 바다 쪽 창문까지 여니 그제야 바닷바람이 열기를 조금 식혀 주었다. 다이빙 장비는 위치가 조금씩 달라져 있긴 했지만 사라진 건 없었다.

대체 뭘 기대했던 걸까? 위기 상황에 우연히 바다에 뛰어들었다고 친구라도 됐다고 생각했을까? 수업 시간 내내 책상에 엎드려 있다가도 고개를 들 때면 보이던, 태풍이 몰아치는 섬에 혼자 버티고 있는 것만 같았던 한라의 등이 낯설지 않아서였을까?

방학식 날, 해나는 가게에 있다가 처마 밑에서 비를 피하던 한라를 본 적이 있다. 한라는 손을 뻗어 빗줄기를 만지더니 손가락을 움직이기 시작했다. 뭐라고 하는지는 몰라도 수어를 하고 있다는 건 알 수 있었다. 한라는 한참 동안 바다를 바라보며 수어를 했다. 순간 해나는 문을 열고 나가 소중한 걸 잃어버릴까 봐 무섭고 두렵다고 누군가에게 털어놓고 싶은 충동에 사로잡혔다.

갑자기 눈앞이 부옇게 흐려졌다. 그냥 좀 울고 싶었다. 한라에게 아직 고맙다는 말도 하지 못했다. 수어로 몇 번이나 연습했는데 끝내 하지 못할 것 같았다.

제멋대로 버디

다음 날, 해마 강사가 나간 뒤 정확히 두 시에 소민이가 가게 앞에 나타났다. 한라가 다이빙을 준비하는 동안 소민이는 망을 보기로 했다.

한라는 가게 안에서 공기통이며 부력 조끼, 호흡기를 챙겨 나왔다. 잠수복도 빌릴까 하다가 물에 젖어 있으면 의심을 살까 봐 그냥 엄마의 해녀복을 입었다. 폼은 좀 안 났지만 그래도 잠수를 한다고 생각하니 심장이 터질 것 같았다. 한라는 부력 조끼를 입고 공기통을 멨다. 만날 공기통을 들었다 놨다 했더니 생각보다 무겁지는 않았다.

"와, 너 진짜 스쿠버 다이빙 배운 거야?"

계단 아래에서 땀을 뻘뻘 흘리며 오리발을 차고 납 허리띠를 두르는데 소민이가 멋지다며 호들갑을 떨었다.

한라가 마지막으로 마스크에 퉤, 하고 침을 뱉었다. 소민이가 눈썹을 찌푸렸다.

"으윽, 더러워. 뭐 하는 거야?"

해녀들은 마스크 안에 김이 서리지 않게 쑥 즙으로 안과 밖을 닦았다. 쑥이 없을 땐 급한 대로 침을 바르는 수밖에 없다.

한라가 침으로 마스크 안을 꼼꼼하게 닦고는 바닷물로 헹궈 냈다. 말간 유리알처럼 마스크가 훤해졌다. 잠자코 있던 소민이가 마스크를 낚아채 자신의 침을 퉤, 뱉었다. 이번엔 한라가 인상을 쓰자 소민이가 키득거렸다.

"너, 잘 보이라고."

한라는 소민이를 뭍에 남겨 놓은 채 한 계단씩 바다로 내려갔다. 더위로 벌게진 뺨이 차갑게 식어 갔다.

바닷물이 가슴까지 차오르자 한라는 해마 강사에게 배운 대로 호흡기를 입에 물었다. 얼마나 긴장을 했던지 마우스피스를 문 어금니에 저절로 힘이 꽉 들어갔다.

한라는 호흡기를 문 채 숨을 들이마시고 내뱉었다. 마치 숨쉬기를 처음 배우는 것 같았다.

어느 정도 익숙해지자 물속에 얼굴을 담갔다. 환한 햇살이 바닷속으로 쏟아져 들어왔다. 항구 계단 아래로 물고기 떼가 요리조리 헤엄치는 모습도 보였다. 한라는 힘차게 무릎을 뻗으며 더 깊은 바닷속으로 몸을 던졌다.

순간 공기통 무게가 느껴지지 않는 것 같더니 몸이 가벼워졌다. 그런데 공기통 때문인지 몸이 마음대로 움직여지지 않았다. 한라는 당황한 나머지 발을 허우적거렸다. 오리발을 끼고 있어서 걷기도, 발을 젓기도 힘들었다. 부유물까지 떠올라 시야도 흐렸다.

한라는 물속에서 균형을 잡는 중성 부력을 글자로만 배웠다. 역시 이론과 실전은 많이 달랐다. 입 속으로 자꾸만 짠 바닷물이 새어 들어왔다.

그때였다. 물에서 버둥거리고 있는 한라의 팔을 누군가 덥석 움켜잡았다. 한라는 허우적거리며 상대의 팔을 힘주어 잡았다. 해마 강사였다. 해마 강사도 잠수복을 입고 공기통을 메고 있었다. 그런데 단단히 화가 난 듯이 한쪽 입술을 실룩거렸다.

"어째 오늘따라 행동이 수상하다 했다!"

해마 강사가 두 손가락으로 눈을 똑바로 보라고 가리켰다. 그런 다음에 호흡기를 물고 숨을 쉬어 보라고 했다.

"숨을 천천히 들이마시고 내쉬어 봐!"

한라는 해마 강사의 손동작에 맞춰 천천히 숨을 쉬었다.

자세가 조금 안정되자 해마 강사가 팔을 놓았다. 한라가 재빨리 손을 움켜잡자 해마 강사는 괜찮다며 한라의 손을 토닥였다. 한라는 한 손으로 해마 강사의 팔을 잡은 채 조금씩 오리발을 저어 보았다. 몸이 점점 균형을 잡아 갔다.

해마 강사가 바다 밑을 가리키며 한라의 부력 조끼에서 조금씩 공기를 뺐다. 몸이 서서히 바다 밑으로 가라앉기 시작했다. 그러고 나니 물결도 느리게 느껴지고 몸도 훨씬 편안해졌다. 부드럽고 상쾌한 물살이 몸을 휘감았다.

해마 강사가 따라오라며 손짓을 하고는 앞서 헤엄을 쳤다. 한라는 다리에 잔뜩 힘을 주고 열심히 오리발을 저었다. 해마 강사는 팔짱을 낀 채 오리발을 부드럽게 저었다. 한라도 팔짱을 껴 봤다. 몸이 좀 기울기는 했지만 왠지 멋있는 것 같았다.

그때 공작새처럼 화려한 지느러미를 나풀거리며 헤엄을 치는 물고기가 보였다. 한라는 물고기를 만져 보려고 손을 뻗었다. 해마 강사가 급하게 손을 내저으며 수어를 했다.

"안 돼! 독이 있는 물고기야."

한라가 깜짝 놀라 얼른 손을 뺐다.

해마 강사가 지화(수화에서 한글 자모음이나 알파벳, 숫자 하나하나를 손가락으로 표시하는 방법)로 물고기 이름을 알려 주었다.

"ㅆ-ㅗ-ㄹ-ㅂ-ㅐ-ㄱ-ㅏ-ㅁ-ㅍ-ㅔ-ㅇ."

해양 생물 사진집에서 본 쏠배감펭이었다. 영어로는 라이언피쉬, 지느러미에 독이 있는 물고기였다. 대체로 등에 독이 있기 때문에 함부로 만지면 안 된다.

이윽고 푸른빛을 띤 자리돔 떼가 무리 지어 지나갔다. 바위틈에는 달팽이처럼 몸이 까만 군소가 꿈틀거리며 기어가는 것도 보였다. 모든 게 신기하고 놀라웠다.

한라는 가만히 가슴에 손을 갖다 댔다. 심장이 제멋대로 두근거렸다. 어쩌면 이게 바로 해마 강사가 말했던 살아 있는 소리인지도 모른다.

해마 강사가 한라의 잔압계를 확인했다. 잔압계 바늘이 50bar를 가리켰다. 처음에 얼마나 버둥거렸는지 벌써 공기를 거의 다 써 버린 것이었다. 해마 강사가 수심 오 미터에서 감압을 하고 이제 그만 밖으로 나가자고 했다.

해마 강사의 얼굴은 하얗다 못해 새파랗게 질려 있었다. 문득 바다가 무섭다고 했던 말이 떠올랐다. 감압이 끝나자 해마 강사는 더 이상은 못 참겠다는 듯이 서둘러 오리발을 저었다. 한라도 해마 강사를 따라 깊이 숨을 들이마시며 뭍으로 나왔다.

발이 땅에 닿자 한라는 마스크를 벗었다. 해마 강사가 기다렸다는 듯 버럭 소리를 질렀다.

"실전 교육을 못 해 줘서 바로 나가자고는 안 했지만, 어떻게 너 혼자 바다에 들어갈 생각을 할 수 있어? 다이빙의 기본 중 기본이 뭔지 알아? 절대로 혼자서는 바다에 들어가지 않는 거야! 너같이 제멋대로인 버디를 믿고 내 목숨을 맡겨도 되겠니?"

해마 강사는 공기통을 짊어진 채 성큼성큼 계단을 올라갔다. 계단 위에선 소민이가 무슨 일이냐는 듯한 얼굴로 해마 강사와 한라를 번갈아 바라보았다. 한라는 고개를 푹 숙인 채 장비를 끌어안고 뒤따라 계단을 올랐다.

계단을 내려올 때는 무거운 줄 몰랐는데 다리에 힘이 빠져서 그런지 몸이 후들거렸다. 소민이가 쭈뼛거리며 다가와 오리발과 마스크를 받아 들었다.

해마 강사는 수돗가에서 물을 뿌리며 장비들을 씻었다. 한라가 눈치를 살피며 장비들을 바닥에 내려놓고 막 돌아서 가려는데 해마 강사가 어깨를 잡았다.

"어디 가? 이거 씻고 가야지. 소금물 다 빠지게 깨끗이 씻어!"

한라는 수돗가로 달려가 해마 강사의 호흡기와 부력 조끼를 잡아당기며 물을 뿌렸다.

"네가 다 씻겠다고? 그래, 그럼."

해마 강사는 씻지도 않은 채 옷을 갈아입고는 서둘러 가게를 떠났다.

소민이는 해나 올 시각이 다 된 거 아니냐며 발을 동동 굴렀다. 한라는 모르는 게 없는 소민이에게 해나가 왜 병원에 다니는지 물어볼까 하다 그만두었다. "넌 그것도 몰랐냐?" 하고 소민이가 핀잔을 줄 때면 자꾸만 마음이 오그라들었다.

한라는 물이 뚝뚝 떨어지는 해녀복을 끌어안고 소민이 뒤를 따라 해안 도로를 걸었다. 소민이는 바닷속이 어땠는지, 스쿠버 다이빙은 재밌는지 물어보고 싶은 게 많았지만 아무 말도 하지 않았다. 자기 때문에 한라가 혼난 것 같아 미안하기도 하고, 어떻게 하면 스쿠버 다이빙을 배울 수 있을지 머리를 굴리느라 바쁘기도 했다.

소민이가 한라 앞에 우뚝 멈춰 섰다.

"한라야, 나도 수어 배우고 싶은데 가르쳐 줄 수 있어?"

한라는 소민이 표정만 봐도 무슨 꿍꿍이인지 짐작이 됐다. 수어는 핑계고 스쿠버 다이빙을 가르쳐 달라는 말일 것이다. 한라도 몰래 배우고 있으니 가르쳐 주기 싫다고는 못 한다는 걸 소민이는 다 알고 있었다.

그러나 지금은 대꾸도 하기 싫었다. 한라가 힘없이 고개를 끄덕이자 소민이가 겅중겅중 뛰어가며 손을 흔들었다.

"한라야, 내일 두 시에 남두항에서 보자. 두 시다!"

물숨

물질을 가거나 밭에 나가 있을 시각인데 웬일로 할머니가 방에서 낮잠을 자고 있었다. 긴장이 풀려서인지 한라도 피곤이 몰려왔다. 한라는 슬그머니 할머니 옆에 누웠다. 한라의 기척에 눈을 뜬 할머니가 돌아누웠다.

한라는 할머니의 흐릿한 눈동자를 가만히 바라보았다. 오늘 본 바닷속을 누군가에게 말하지 않으면 가슴이 터져 버릴 것만 같았다. 한라가 소리 없이 가만가만 입술을 움직였다.

"할망, 이건 할망만 알고 있어야 해. 엄마한테는 절대 비밀이다. 약속할 수 있지?"

재차 다짐을 받으며 새끼손가락을 내밀자 할머니가 껄껄 웃으며 손가락을 걸었다.

"할망, 스쿠버 다이빙 알지? 나, 오늘 공기통 메고 바닷속에 들어갔다 왔다. 내가 이제 공기통 메고 들어가서 전복이랑 문어가 어디에 있는지 다 알려 줄게."

"한라야, 바닷속에선 항상 물숨을 조심해야 되는 거라. 네가 가진 숨만큼만 있다 와야 된다이."

'물숨'은 물속에서 더 이상 숨을 참을 수 없을 때 들이켜는 숨이다. 해녀들은 첫 물질을 시작한 아기 해녀들에게 항상 물에서 쉬는 숨을 조심해야 한다고 말한다. 더 빨리, 더 많은 해산물을 채취하기 위해 욕심을 부렸다가는 '물숨'을 먹게 된다고 했다.

한라가 배시시 웃으며 고개를 끄덕이자, 할머니는 검게 그을린 손으로 한라 머리를 쓰다듬었다.

"우리 한라가 언제 영 커신고. 착허다, 착해."

할머니는 오랜 물질로 귀가 어두웠다. 그런데도 신기하게 한라가 하는 말은 다 알아들었다.

'할망, 바닷속에선 말이야. 다른 사람들도 듣지도, 말을 하지도 못해. 나도 그곳에선 다른 사람들하고 똑같아!'

할머니에게 이 말은 하지 않았다. 하지만 할머니는 다 안다는 듯 소리 없이 고개를 주억거렸다.

자꾸만 눈꺼풀이 내려앉았다. 한라는 할머니 품에 얼굴을 묻고 할머니의 팔꿈치를 찾아 쓰다듬었다. 어렸을 땐 이렇게 할머니 팔꿈치를 만지며 삼이 들곤 했다. 할머니는 귀찮지도 않은지 만지기 편하게 팔을 앞으로 내밀었다. 가슴을 들썩일 때마다 할머니에게서 바다 냄새가 났다. 한라는 할머니 냄새를 맡으며 곤한 잠에 빠져들었다.

얼마나 잔 걸까? 누군가 한라를 깨웠다. 할머니였나. 한라는 눈을 비비며 자리에서 일어나 앉았다. 아침인 줄 알았는데 창밖이 어두웠다.

할머니가 한라 앞으로 바짝 상을 들이밀었다. 한라가 제일 좋아하는 오분자기 된장찌개였다.

"힘들었지? 물괴기는 하영 잡아시냐?"

'할망도 참. 공기통 메고 바다에 들어가서는 아무것도 잡으면 안 돼.'

한라는 웃음이 나오려는 걸 간신히 참았다. 공기통을 메고 바다에 들어가서 물고기며 해산물이 어디에 있는지 알려 주겠다고 했지만 사실 그럴 순 없었다. 해녀들은 숨을 참아 가며 물질을 하는데, 공기통을 메고 바다에 들어가면 얼마든지 해산물을 채취해 올 수 있기 때문이다. 그렇게 되면 금세 바다가 황폐해지고 해녀들도 사라져 버릴 거라고 해마 강사가 말했다.

"한성아, 배고팠지? 혼저 밥 먹으라게."

할머니가 한라 손에 숟가락을 쥐어 주었다. 한라가 할머니도 같이 먹자고 손짓을 했다.

"착허다, 우리 한성이. 어멍은 실컷 먹었어. 한성이 너만 먹으민 되메."

"한성이?"

할머니가 아까부터 자꾸만 한라보고 한성이라고 했다. 한성이는 한라가 태어나기도 전에 바다에서 사고로 돌아가신 아빠 이름이다.

사고가 있던 그날은 폭풍 주의보가 내려져 있었지만 예보된 파고는 그리 높지 않았다. 어선들은 삼삼오오 모여 조업을 계속했는데, 날씨가 점점 안 좋아졌다. 아파트 삼층 높이의 큰 파도가 순식간에 어선들을 덮쳤다. 파도와 사투를 벌이고 있던 만선 호에서 긴급 구조 신호가 요란하게 울렸지만, 결국 아빠는 바다에서 돌아오지 못했다.

파도가 높아서 배가 못 나가는 날이면 소민이 아빠는 종종 술을 마셨다. 한번은 술을 너무 많이 마셔 길거리에서 잠이 든 적도 있었다. 지난겨울, 한라는 담벼락에 기대 쓰러져 있는 소민이 아빠를 본 적이 있었다. 아저씨는 가로등 아래에서 바람이 다 빠져 버린 튜브처럼 널브러져 있었다. 한라는 깜짝 놀라 아저씨에게 달려갔다. 아저씨 입에서 푸우우우, 긴 한숨과 함께 지독한 술 냄새가 풍겼다. 한라는 한 손으로 코를 막고, 아저씨를 일으켜 보았다. 오랜 세월 배를 탄 아저씨는 꿈쩍도 하지 않았다.

아저씨가 덥석 한라 팔을 잡았다. 푸르스름한 가로등 불빛이 아저씨 얼굴을 비췄다. 아까부터 내리는 눈 때문인지 눈물 때문인지 아저씨 얼굴이 축축하게 젖어 있었다.

"한라야, 니 아방이랑 나는 둘도 없는 친구였다. 그날은 나도 어쩔 수 없었어. 너만은 이 아저씨 마음을 알아줘야 한다, 응?"

소민이 엄마와 소민이가 맨발에 슬리퍼만 신고 뛰쳐나왔다. 아줌마가 아저씨를 힘겹게 안아 올렸다. 소민이랑 한라도 아줌마를 거들어 아저씨를 대문 안으로 데리고 들어갔다. 그제야 아저씨는 정신이 든 듯 소민이 뺨에 얼굴을 마구 비벼 댔다.

"우리 딸 소민이구나!"

아저씨의 까끌까끌한 수염 때문에 소민이가 얼굴을 찡그렸다.

"아빠, 아파!"

"아이고, 소민 아빠. 그만 좀 해여게."

아줌마는 아저씨 팔을 투덕거리며 슬며시 한라 눈치를 살폈다.

"한라야, 고맙다게. 이제 그만 가 보라. 아저씨는 우리가 집 안으로 데리고 들어가켜."

한라는 '아빠'라는 말을 소리 내어 말해 본 적이 없었다. 혀 위치가 어디인지, 성대 울림은 어느 정도인지 짐작만 할 뿐이다.

소민이 집 대문을 나서는데 골목을 지나는 매서운 눈보라가 뺨을 찰싹찰싹 때렸다. 눈앞이 흐릿해지면서 코끝이 알싸해졌다.

한라는 할머니에게 자신은 '오한성'이 아니고 '오한라'라고 말하려다 그만두었다. 왠지 할머니를 실망시키고 싶지 않았다. 그저 오분자기 된장찌개에 밥을 비벼서 게 눈 감추듯 먹어 치웠다. 할머니는 한라가 맛있게 먹는 걸 흐뭇하게 바라봤다.

잠시 후 할머니가 상을 들고 부엌으로 갔다. 엄마 방의 불은 꺼져 있었다. 한라는 벽시계를 올려다봤다.

'새벽 한 시? 뭐야, 아직도 밤이잖아.'

배가 부르니 다시 잠이 쏟아졌다. 할머니도 아침인 줄 안 모양이었다. 한라는 벌러덩 누워 하품을 하며 이리저리 몸을 뒤척였다. 그러는 사이 또 잠이 들었다.

샛바람이 불던 날

어마어마한 놈이 오고 있다. 남쪽 먼바다에서 시작된 그놈의 위력이 대단하다며 마을 사람들은 벌써부터 밭이며 바다로 나가 태풍 대비로 분주했다. 태풍 예보와 함께 오늘은 샛바람이 불었다. 이런 동풍이 부는 날이면 파도가 부풀어 오르며 비가 내린다.

어촌계 회장이자 해녀인 소민이 엄마는 아침마다 바다를 살펴보는 걸로 하루를 시작한다. 어떻게 바람 방향과 바다 날씨만 보고도 그날 물질을 할 수 있는지 없는지를 아는지, 소민이는 여전히 신기하기만 했다.

소민이는 수평선까지 잔뜩 내려앉은 회색 구름을 바라보면서 우산을 챙겨 남두항으로 걸음을 재촉했다.

후드득, 굵은 빗방울이 떨어지기 시작했다. 한라가 우산을 쓰고 해안 도로를 따라 걸어오는 모습이 보였다. 소민이는 한라에게 빨리 오라며 손짓을 했다.

"큰일 났어! 해녀들이 이 스쿠버 다이빙 가게 고소한대!"

처마 밑에서 비를 피하고 있던 소민이가 우산을 펼치며 달려 나왔다.

"너, 작년에 남두항 앞바다에서 홍해삼 싹쓸이해 간 사람들이 누군지 알지? 왜 스쿠버 다이버들이 밤에 몰래 바다에 들어와 홍해삼 다 훔쳐 갔잖아."

물론 한라도 안다. 삼 년 전 봄에 해녀들이 공동 작업으로 남두항 앞바다에 아기 홍해삼을 잔뜩 뿌렸다. 그런데 수확 철이 돼 바다에 들어가 보니, 한창 통통하게 살이 올라 있어야 할 홍해삼이 거의 보이지 않았다. 이상하다 생각한 해녀들이 밤낮으로 바다를 지켰다. 한라 할머니도 며칠 동안 잠을 자지 못하고 수시로 해안가에 나갔다 들어오곤 했다.

모두가 잠든 늦은 밤, 수상한 불빛이 검은 바다에서 뭍으로 올라오는 것이 보였다. 해녀들은 잔뜩 긴장한 채 바닷가로 몰려 나갔다. 그런데 공기통을 두 개씩이나 멘 잠수부들이 홍해삼이 가득 든 포대를 끌며 바다에서 나오더라는 것이었다. 그때부터 해녀들은 잠수부들이라면 혀를 내둘렀다.

"우리 엄마가 여기 앞바다에서 사람들이 스쿠버 다이빙하는 걸 봤나는 거야. 어촌계 허락도 받지 않은 가게가 영업을 시작했다고 경찰에 신고한다고 난리도 아냐! 증거도 있대. 엄마 몰래 휴대폰 사진을 봤는데, 멀리서 찍어 좀 흐리긴 했지만 딱 너랑 나야. 우리, 이제 어떡해?"

소민이가 울상을 지으며 발을 동동 굴렀다. 소민이야 그 자리에 있었을 뿐이지만 한라는 스쿠버 다이빙 장비를 차고 바다에 들어갔다 왔다. 해마 강사가 왜 바다에 들어가면 안 된다고 했는지 이제야 알 것 같았다.

이러고 있을 때가 아니었다. 해마 강사에게 얼른 알려야 했다. 한라는 그제야 연락처도 모른다는 걸 깨달았다. 해마 강사가 알려주지 않았을뿐더러 한라도 물어볼 생각을 해 본 적이 없었다.

한라가 혼자 바다에 들어갔던 날 이후로 해마 강사는 가게로 나오지 않았다. 해마 강사가 이렇게 화를 낼 줄은 몰랐다. 하긴 허락도 없이 장비를 갖고 바다에 들어갔으니, 이제 더 이상 다이빙을 가르쳐 주지 않겠다고 해도 할 말은 없었다. 그래도 미안하다고 말하고 싶었다.

"나, 해나네 집이 어딘지 알아."

소민이도 마음이 불편하긴 마찬가지였다. 괜히 한라보고 다이빙 한번 해 보라고 했다가 일이 이렇게까지 커질 줄은 몰랐다. 해녀들이 다이빙 가게 때문에 얼마나 신경이 곤두서 있는지 뻔히 알면서, 그것도 자신이 먼저 한라를 부추겼다는 걸 엄마가 알면 엄청 화를 낼 것이다.

"나랑 같이 가 보자."

소민이는 자기도 그 자리에 함께 있었으니 공범이라면서 해나네 집에 같이 가겠다고 나섰다. 여하튼 소민이가 같이 간다고 해서 한라는 마음이 좀 놓였다.

두 사람은 우산을 쓰고 해나네 게스트 하우스로 향했다. 구불구불한 좁은 이차선 도로 양옆으로 흙을 갈아엎은 검은 밭이 펼쳐졌다. 이곳에 게스트 하우스가 생긴다고 했을 때, 엄마는 당근 밭에 민박집이 되겠냐며 혀를 끌끌 찼다.

"바닷가도 아니고 당근 밭에 뭐 볼 게 있다고."

저 멀리 파란색 지붕과 나지막한 돌담이 눈에 들어왔다. 폐가였던 곳을 개조했다는데 집의 겉모습은 예전 그대로였다. 조금 달라진 게 있다면 커다란 비자나무 아래 색색의 꽃들이 피어 있고 잔디가 잘 정돈된 정도였다. 반들반들하고 새하얀 조약돌이 깔린 길을 지나자 돌담으로 만든 울타리가 보였다. 울타리 옆 제주 전통 대문에는 조그만 해마 그림이 그려진 나무 문패가 붙어 있었다.

한라와 소민이는 서로 마주 보고 서 있는, 똑같이 생긴 건물을 번갈아 바라보았다.

"어느 쪽으로 들어가야 하는 거야?"

그때, 우산을 쓴 해나 아빠가 왼쪽 문을 열고 밖으로 나왔다.

"안녕하세요? 저흰 해나 친구들인데요."

소민이가 붙임성 있게 인사를 했다.

"발소리를 들었단다. 반갑다, 난 해나 아빠야."

소민이와 한라는 입이 떡 벌어졌다. 해나 아빠는 알록달록한 꽃무늬 머리 수건을 쓰고 똑같은 무늬의 앞치마를 두르고 있었다. 까무잡잡한 얼굴과 묘하게 잘 어울렸다. 물론 해녀 식당을 하는 소민이 아빠도 주방에서 일을 할 때 앞치마를 두르긴 하지만 저렇게 예쁜 앞치마는 아니었다.

해나 아빠는 한라와 소민이가 투숙객인 양 정중하게 게스트 하우스 곳곳을 안내했다.

"여기 왼쪽 건물은 우리가 사는 살림집이자 식사를 할 수 있는 부엌이고, 건너편 건물은 손님들이 묵는 방이란다."

건너편의 건물 유리문 안으로 사람들이 분주하게 왔다 갔다 하는 게 보였다.

해나 아빠가 왼쪽 나무 문을 열었다. 나뭇결이 그대로 느껴지는 원목 식탁과 의자들, 그리고 한쪽 벽에는 붉은 벽돌로 만든 벽난로가 있었다. 벽난로 위 하얀색 벽에는 심해 속 깊은 계곡을 따라 유영하는 스쿠버 다이버 두 명의 사진이 걸려 있었다. 한라는 사진을 빤히 올려다보았다. 저 두 사람 중 누가 해마 강사일까?

"해나야, 친구들 왔어."

해나 아빠가 잠시만 기다리라며 식당 뒤 방으로 들어갔다. 한라와 소민이가 원목 식탁에 마주 앉아 서로 어색한 눈빛을 주고받고 있을 때였다. 해나가 탐탁지 않은 표정으로 팔짱을 낀 채 나타났다.

해나 아빠는 친구들이 온 것만으로도 기분이 좋은지 연신 싱글벙글댔다.

"너희, 점심은 먹었니? 아저씨가 문어랑 딱새우 넣고 해물 라면 끓여 줄까?"

소민이는 해물 라면이라는 말에 순간 얼굴이 확 밝아졌다. 엄마가 새벽부터 해녀 할머니들에게 전화를 돌리느라 점심은커녕 아침도 못 먹었다.

한라가 굳은 표정으로 괜찮다며 고개를 저었다.

"그럼 다음에 맛있는 거 해 줄게. 또 놀러 와."

해나가 밖으로 나가자고 손짓을 하자 소민이가 아쉬워하며 자리에서 일어났다. 해나 뒤를 한라가, 그 뒤를 소민이가 느릿느릿 따라 나왔다.

어느새 비는 그쳐 있었다.

해마 강사의 정체

뻔뻔한 것도 정도가 있지! 두 사람이 어떻게 함께 게스트 하우스에 나타난 건지, 해나는 어이가 없었다. 마당으로 나오자마자 홱 뒤돌아보며 쏘아붙이는데, 소민이도 동시에 입을 열었다.

"너희가 여긴 무슨 일이야?"

"스쿠버 다이빙 가게, 너희 거 맞지?"

해나는 대꾸도 하기 싫었지만 창문으로 세 사람을 바라보고 있는 아빠 때문에라도 다른 곳으로 자리를 옮겨야 했다. 해나가 계단을 가리키며 옥상으로 올라가자고 했다. 두 사람은 해나 뒤를 따라 옥상 계단으로 향했다.

옥상에서 내려다보면 엄지손톱만 한 바다가 보였다. 무겁게 내려앉은 구름 사이로 한 줄기 빛이 바다에 내려앉았다.

해나는 옥상에 있는 시간이 제일 좋았다. 하늘과 바다, 그리고 검은 돌담으로 둘러싸인 당근 밭이 한눈에 들어왔다. 바다에서 불어오는 바람에는 나무와 흙냄새가 섞여 있었다.

해나가 차가운 얼굴로 말했다.

"그거 물어보려고 여기까지 왔어?"

"해녀들이 그 가게 고소한다고 난리도 아니……."

"우리 가게를 왜 고소한다는 거야?"

소민이 말이 끝나기도 전에 해나가 무섭게 소리쳤다. 한라는 소민이와 해나를 번갈아 바라보며 안절부절못했다.

소민이가 고개를 숙인 채 작은 소리로 웅얼거렸다.

"그게, 내가 한라한테 스쿠버 다이빙 한번 해 보라고 했거든. 그래서 한라가 다이빙 장비를 가지고 바다로 들어갔고. 해녀들은 그걸 가지고서 너희 가게가 허가도 받지 않고 영업을 시작했다고 오해하고 있어. 그렇다고 사실대로 말하기에는 나도 한라도 좀 곤란해서."

한라는 소민이 입술 모양을 거의 읽지 못했다. 하지만 표정만 봐도 해나가 얼마나 화가 났는지 금방 알 수 있었다.

"너희가 지금 무슨 짓을 한지 알아? 우리 가게를 몰래 드나드는 것도 모자라서 가게 장비를 가지고 바다에 들어갔다는 거야? 스쿠버 다이빙을 할 줄도 모르면서?"

한라는 뭐라고 변명이라도 하고 싶었지만, 도무지 입이 떨어지지 않았다.

한라 대신 소민이가 말했다.

"한라는 스쿠버 다이빙을 배웠어. 한라야, 그 강사님 이름이 뭐라고 했지?"

혹시나 한라가 입 모양을 못 봤을까 봐 소민이가 다시 물었다.

"너, 다이빙 가르쳐 준 강사님 이름이 뭐지?"

한라가 말끝을 흐리며 말했다.

"해, 마, 강, 사, 님……."

"누구라고?"

해나가 다짜고짜 한라 팔을 힘주어 잡았다. 한라 입에서 저절로 신음 소리가 새어 나왔다.

"진짜 해마 강사래? 해마 강사님이라고 했어, 그 사람이?"

한라가 몇 번이나 고개를 끄덕였지만 해나는 같은 걸 묻고 또 물었다.

"그럴 리가 없어! 우리 엄마는 지금 병원에 있단 말이야. 내가 누군지도 모르고 의식 불명인 채 잠만 자고 있는데 어떻게?"

해나는 비틀거리는 것 같더니 힘없이 바닥에 주저앉았다. 그러고는 손으로 입을 틀어막았다. 하지만 비어져 나오는 울음을 참을 수는 없었다.

해나는 한라가 만났던 해마 강사가 진짜 엄마이길 바랐는지도 모른다. 사실은 엄마가 깨어났는데 모두를 놀래 주려고 서프라이즈 쇼를 하는 거였으면 좋겠다고 생각하자 눈물이 왈칵 터져 나왔다. 더는 눈물이 나오지 않을 때까지 한참을 울고 또 울었다.

한라가 만난 해마 강사는 누구보다 건강해 보였다. 얼굴이 새파랗게 되긴 했지만 한라를 데리고 바닷속을 유영했다. 그런 해마 강사가 지금 병원에 누워 있다고? 그럼 한라가 만났던 사람은 누구지?

소민이가 몸을 부르르 떨었다.

"혹시 영혼은 아닐까?"

퉁퉁 부은 눈으로 해나가 소민이를 째려봤다.

"유민 언니랑 영화에서 본 적이 있어. 육체가 살아 있어도 영혼과 몸은 분리될 수 있대. 언니가 그걸 뭐라고 했는데……. 육체 분리? 영혼 탈락? 아, 유체 이탈!"

미스터리 영화만 보는 언니랑 같이 영화를 볼 때면 소민이는 무서워 이불을 뒤집어쓴 채 눈만 빼꼼 내놓았다. 언니는 자기도 잘 이해하지 못했으면서 종종 이상한 말을 하곤 했다.

"꿈속에서도 모든 건 현실 같아. 무의식 세계에서 깨어나서야 의식의 세계가 이상한 걸 깨닫게 되지."

꿈도 영혼도 무의식도 아니었다. 만약 해마 강사가 영혼이었다면 어떻게 한라에게 스쿠버 다이빙을 가르쳐 주고, 바닷속에서 버둥거리는 팔을 잡아 주며, 요구르트를 함께 마실 수 있단 말인가.

"요, 구, 루, 트!"

모든 증거는 다이빙 가게에 남아 있을 것이다.

해나와 소민, 한라는 옥상 계단을 내려와 남두항을 향해 뛰었다. 숨이 차올라 더 이상 뛸 수 없을 때까지 달리고 또 달렸다.

한라의 발걸음이 점점 느려졌다. 해마 강사가 영혼이든 무의식이든, 그 실체를 알아 버리면 다시는 만날 수 없을 것 같은 예감이 들었다. 거짓말처럼 찾아온 행운이 어쩌면 꿈일지도 모른다고 생각하니 자꾸만 눈물이 나려고 했다.

세 사람은 다이빙 가게에 들어가지 못했다. 불법 영업 신고를 받고 출동한 경찰들이 문 앞에 서 있었기 때문이다. 문이 닫혀 있는 다이빙 가게는 명랑했던 적이 없었다는 듯 쓸쓸하고 스산하기만 했다.

태풍이 지나가고

지루하고 긴 태풍이었다. 파도는 금방이라도 마을을 집어삼킬 듯 너울거렸고, 사람들은 문을 꽉 걸어 잠근 채 숨을 죽이고는 어서 빨리 이 태풍이 지나가기만을 기다렸다.

한라는 비바람이 조금 잠잠해지자 남두항으로 나갈 준비를 했다. 우산을 챙겨 나오려는데 엄마가 무슨 일인지 부엌 바닥에 주저앉아 있었다.

아침 준비를 한다며 부엌으로 간 엄마는 파리 떼가 새까맣게 앉은 먹다 남은 밥상 앞에서 깊은 한숨을 내쉬었다. 한라는 무슨 일이냐고 물어보려다 그만두었다. 엄마는 또 중요한 일이 아니라고 할 거다. 할머니는 늦잠을 자는지 아직도 방 안이 캄캄했다.

한라는 아침도 먹지 않고 남두항으로 뛰었다. 스쿠버 다이빙 가게는 원래 사람이 없었던 것처럼 휑하고 어두웠다. 한라는 가게 안으로 비가 들이치지 않도록 문을 꼭 닫는 것도 잊지 않았다. 가게 앞 시멘트 바닥의 갈라진 틈 사이에 난 하얀 수국이 바람에 따라 나부꼈다. 바닥에는 눈이라도 내린 것처럼 꽃잎이 수북하게 흩어져 있었다.

소민이 말대로 해마 강사는 정말 영혼이었을까?

믿을 수가 없었다. 공기통을 메고 들어가 본 바다는 진짜였다. 바닷속에서 어떻게 해야 할지 몰라 허우적거리던 한라 손을 꽉 잡아 주었던 사람도 분명 실체가 있었다!

한라는 해마 강사가 마지막으로 했던 말을 떠올렸다.

"다이빙의 기본 중 기본이 뭔지 알아? 절대로 혼자서는 바다에 들어가지 않는 거야! 너같이 제멋대로인 버디를 믿고 내 목숨을 맡겨도 되겠니?"

바다에 들어갈 땐 언제나 '버디'와 함께해야 한다고 해마 강사는 말했다. 물속에서는 말을 할 수 없기 때문에 상대의 행동, 표정, 손짓을 보며 모두 함께 소통하려고 애써야 한다고 했다. 그래야 위험한 일이 생기면 서로 도와주고 공기통이 비었을 땐 기꺼이 호흡을 나눠 줄 수 있다면서.

해마 강사가 물었다.

"한라야, 넌 어떤 버디니?"

생각해 보지 않았다. 자신이 어떤 사람인지, 또 어떤 버디인지는…….

"버, 디, 버, 디, 버, 디, 버, 디, 버디, 버디, 버디."

한라는 '버디'라는 말이 익숙해질 때까지 단어를 계속 입 속에서 굴려 보았다. 혀끝이 경쾌하게 입천상을 치자 따뜻하고 몽글몽글한 느낌이 가슴 가득 차올랐다.

다시 빗줄기가 거세졌다. 한라는 우산을 펼쳐 들었다. 강한 바람에 우산이 금방이라도 뒤집어질 것만 같았다. 양손으로 우산을 꼭 그러쥐고 해안 도로를 따라 달렸다. 뒤를 돌아보면 금방이라도 해마 강사가 문을 열고 나와 "어서 와, 한라야!" 하며 손짓을 하고 있을 것만 같았다.

한바탕 태풍이 휩쓸고 간 마을에는 해녀들이 스쿠버 다이빙 가게가 아예 문을 닫을 때까지 그 앞에서 시위를 할 거라는 소문이 돌았다.

"그때 홍해삼 훔쳐 가던 다이버들이 눈 부릅뜨멍 이 바다가 해녀들 바답니까? 허멍 큰소리치는디, 아니 이 바당이 해녀들 바당이

주 누게 바당이라! 삼 년 전 배 타고 바당에 나가서 애기 홍해삼을 누게가 남두항 앞바당에 다 뿌려서!"

"게난 말이주, 적반하장도 유분수주. 그때 그 다이버 좀 밀었다고 폭행으로 신고한다고 난리도 아니었주. 구십 다 된 순옥 삼촌이 밀면 또 얼마나 세게 밀었다고 폭행으로 고소한다고 그 난리라, 난리길!"

소민이 엄마의 파란색 트럭을 선두로 파마머리 해녀들이 스쿠터를 몰고, 그 뒤를 허리가 굽은 할머니 해녀들이 낡은 유모차를 밀며 나타났다. 남두항으로 향하는 스쿠터와 유모차 행렬은 마치 전쟁터에라도 나가는 것처럼 비장하면서 맹렬했다.

소민이 엄마가 목에 핏대를 세우며 목소리를 높였다.

"우리 바당 우리 해녀들이 지켜야주, 누게가 지킵니까!"

모든 걸 다 알면서도 해나가 입을 열지 않은 모양이었다. 소민이랑 한라는 이게 다 자신들 때문이라며 자책했다가, 사실을 알렸는데도 말하지 않은 해나 탓이라고 책임을 돌렸다. 이래저래 둘 다 마음이 불편하긴 마찬가지였다.

할망 바당

태풍이 지나간 하늘과 바다는 창백했다. 비바람에 이리저리 치이고 쓸려 지쳐 있었다. 해녀들은 갯바위로 떠밀려 온 아기 뿔소라들을 다시 바닷속으로 보내 주었다.

한라 할머니가 갯바위에 앉아 바다를 내려다보며 말했다.

"세상 일이 하나가 나쁘민 하나는 좋은 법이 주게."

엄마는 태풍이 오면 밭농사를 망친다고 울상이었지만, 할머니는 태풍이 와야 바다 농사가 잘된다고 했다. 한 번씩 이렇게 바다가 뒤집어져야 물도 맑아지고 고기도 많이 잡힌다는 것이다.

"음력 초여드레가 지나 배신게. 내일일랑 바당에 물질허래 갔당 와사키여."

다음 날은 언제 태풍이 왔냐는 듯 덥고 날이 좋았다.

엄마가 물질을 나가려는 할머니를 막아서며 화를 냈다.

"어머니, 그만 좀 하세요. 이제 바다에 들어가면 안 되는 거 잘 아시잖아요?"

할머니도 지지 않았다. 고집스럽게 해녀복으로 갈아입고 태왁과 망사리를 들고 집을 나섰다.

탈의장에서는 해녀들이 한창 물질을 준비하고 있었다. 태풍 때문에 오래 바다에 들지 못해서인지, 모두들 조금은 들뜬 모습이었다. 그중에는 할머니 또래 친구들도 있었다.

"아이고, 한라 어멍은 무신 걱정이시니? 내가 한라 할망 잘 볼 거난 걱정하지 말라. 한라 할망도 이젠 물질 못허는 똥군 되었주게."

할머니들이 숨이 넘어가게 깔깔깔 웃어 댔다.

해녀들은 실력에 따라 상군, 중군, 하군으로 나뉜다. 한라 할머니는 한때 상군이었지만, 지금은 나이도 있고 체력도 약해져 하군 중에서도 더 낮은 똥군이라며 놀려 대는 것이었다. 하지만 그 누구도 기분 나빠하지 않았다. 언젠가는 자신들도 똥군이 될 것을 잘 알고 있기 때문이다.

"평생을 물질핸 자식새끼들 먹여 살렸주. 바당에 들어가지 말라 허민 우리 같은 해녀들은 바당이 궁금핸 어떻게 살아?"

해녀 할머니들은 몸이 아프다가도 물질하는 동안은 멀쩡하다며 엄마를 다독였다. 그래도 엄마는 맘이 편치 않은지 할머니를 잘 지켜봐 달라고 거듭 부탁했다.

한라는 갯바위에서 오리발을 신고 있는 할머니 곁으로 다가갔다. 그리고 길가에서 뜯어 온 쑥으로 할머니 물안경을 닦고 또 닦았다. 할머니가 물안경을 받아 들며 한라의 뺨을 어루만졌다.

"한라야, 할망 머릿속이 많이 아프댄. 할망이 한라 놋 알아봐도 슬퍼허지 말라이. 할망이 우리 한라 기억 못 해도 한라가 할망 기억해야 헌다이."

한라는 할머니가 아프다고 해서 걱정이었다. 엄마 말대로 바다에 들어가면 안 될 것 같았다. 한라가 오늘은 물질을 하지 말라고 손을 잡아끌자 할머니가 소리 없이 웃었다.

"가고 싶어. 바당이 웃엄신게."

'치, 할망도 참. 바당이 어떻게 웃어?'

한라가 피식 웃자 할머니가 한라를 꼭 끌어안았다. 할머니 품에서 바다 냄새가 났다. 바다와 파도가 하나이듯, 어쩌면 할머니와 바다도 하나일지 모른다.

"할망, 잘 다녀와."

할머니가 서서히 바다로 들어갔다. 붉은 태왁을 꼭 끌어안고 힘차게 오리발을 저었다. 잔잔한 바다 위에는 자맥질하는 해녀들의 오리발과 붉은 태왁만 떠 있었다.

한라도 할머니를 따라 바다에 들어가고 싶었다. 상쾌한 물살이 일렁이는 바닷속은 또 다른 세상이었다. 손가락 사이로 작은 물고기 떼가 지나가고, 발아래에는 분홍색 연산호들이 군락을 이루며 무리 지어 피어 있었다. 해녀 할머니들 말대로 한라도 바닷속이 궁금해 몸이 다 근질근질했다. 지금이라도 당장 공기통을 메고 들어가 할머니를 따라다니며 소라랑 전복이 어디에 많이 있는지 알려 주고 싶었다.

엄마는 카페에도 나가지 않고 제일 높은 갯바위 위에 서서 목을 길게 빼고 할머니를 찾았다. 한라는 엄마 주위를 맴돌다가 남두항으로 발을 옮겼다.

스쿠버 다이빙 가게 문이 열려 있었다. 처마 밑에 달린 빨랫줄에는 다이빙복이며 젖은 장비들이 걸려 있었다. 한라가 가게로 들어서자 비릿하고 후끈한 냄새가 확 끼쳐 올라왔다.

가게 안쪽에서 해나가 젖은 다이빙복을 끌어안고 밖으로 나왔다. 해나는 한라가 왔다는 걸 알면서도 눈 한 번 마주치지 않고 스쳐 지나갔다. 그러고는 분주하게 가게를 오가며 빨랫줄에 젖은 다이빙복을 널었다.

그동안 한라는 가게 안을 샅샅이 뒤졌다. 소주병은 물론 요구르트 병도, 날짜가 지난 달력도, 해마 강사를 증명해 줄 만한 게 아무것도 보이지 않았다. 한라 입에서 저절로 긴 한숨이 새어 나왔다.

한라가 터덜터덜 가게 밖으로 나오자, 해나가 문을 닫고 자물쇠를 걸어 잠갔다.

"매일 엄마한테 가서 말했어. 마을 사람들이 얼마나 친절하고 좋은 사람들인지, 남두항 앞바다가 얼마나 맑고 아름다운지 말이야."

해나가 한라를 똑바로 쳐다보았다.

"이 가게가 아빠랑 나한테 얼마나 소중한 곳인지 너희가 알아? 엄마가 일어나면 언제든 돌아올 수 있도록 우리가 얼마나 열심히 이곳을 만들고 꾸몄는지 아냐고!"

한라가 세차게 고개를 저으며 말을 쏟아 냈다.

"해나야, 내가 마을 사람들에게 사실대로 다 말할게. 그날 바다에 있던 건 나였다고. 내가 다 말할게."

한라는 자신의 목소리가 어떻게 들리는지 몰랐다. 해나가 듣기 싫다며 양손으로 귀를 막았다.

결국 한라는 해나를 붙잡지 못했다. 자신이 사실대로 말한다 해도 상황이 달라지지 않는다는 걸 알고 있었다. 단지 시간문제였을

뿐, 핑계는 얼마든지 또 만들어 낼 것이다.

그때였다. 해안 도로를 따라 소민이가 뭐라고 소리를 지르며 다급하게 뛰어왔다. 창백한 얼굴로 해나가 한라를 돌아보았다.

"한라야, 할망이 사라졌대!"

한라는 해나 입술 모양을 잘못 읽은 거라고 생각했다. 물질을 나간 할망이 왜 사라졌다는 거지?

순간 등줄기가 서늘해졌다. 한라는 정신없이 해안 도로를 따라 뛰었다. 해녀들이 바다 위에서 숨 가쁘게 나타났다 사라졌다 하는 모습이 보였다.

물이 뚝뚝 떨어지는 해녀복을 입은 소민이 엄마가 한라 팔을 와락 잡았다.

"한라야, 엄마가 바당에 있어!"

억만금을 줘도 바다에는 들어가지 않겠다고 했던 엄마가 어떻게 저 바다에 있는지, 물질을 하러 나간 할머니는 왜 사라졌는지 한라는 이해할 수 없었다.

한라가 무작정 바다로 뛰어들려고 하자 소민이 엄마가 한라 앞을 막아섰다.

"지금 해경들이 온댄. 해녀들도 할망 찾고 있으니까 조금만 더 기다리게, 응?"

소민이 엄마 뒤로 검은 바위 위에 놓인 할머니의 꽃무늬 태왁이 한라 눈에 들어왔다. 할머니는 없고 붉은 꽃무늬 태왁과 망사리만 돌아와 있었다.

한라는 다이빙 가게를 향해 미친 듯이 달렸다. 숨이 가쁘고 가슴이 터질 듯 조여 왔지만 멈출 수는 없었다.

해나는 벌써 다이빙복으로 갈아입고 장비들을 챙기고 있었다. 옆에서 소민이가 발을 동동 굴렀다.

"어떡해! 해나야, 너 진짜 혼자 바다에 들어갈 거야?"

"아빠가 전화를 안 받아. 분명 병원에 계실 텐데……. 내 휴대폰 들고 있다가 우리 아빠한테 전화 오면 내가 장비도 다 챙겨 놨으니까 빨리 이리로 오시라고 해."

해나가 순식간에 십오 킬로그램짜리 공기통을 들쳐 멨다.

그때 한라가 옆에 있는 부력 조끼와 공기통을 들어 올렸다. 해나가 놀라 한라에게서 부력 조끼를 낚아챘다.

"할 줄도 모르면서 어쩌려고 그래!"

"나, 진짜, 다이빙, 할 뚜 이떠, 해나야!"

한라가 빼앗긴 부력 조끼를 온몸으로 끌어안았다. 이것만이 할머니를 찾을 수 있는 유일한 방법이었다.

해나가 빨리 일어나라며 한라 팔을 잡아당겼다.

“이러고 있을 시간이 없어! 네가 내 장비를 점검해. 나는 네 장비들을 점검할 테니까. 내 목숨이 네 손 안에 달렸어.”

해나는 빠르게 손을 움직이며 한라의 다이빙 장비를 점검했다. 그러면서 한라가 하는 행동을 유심히 지켜봤다. 한라는 능숙하게 부력 조끼와 공기통을 연결하고 호흡기가 잘 나오는지 확인했다.

어떻게 바다로 들어갔는지는 기억이 나지 않는다. 정말 순식간의 일이었다. 두 사람은 해녀들이 있는 곳으로 힘껏 오리발을 저었다.

사라진 할머니

해나는 눈으로 한라를 좇으며 남두항 앞 바닷속 지형을 떠올렸다. 수심이 오 미터씩 서서히 깊어지는 완만한 지형이지만, 조금만 벗어나도 갑자기 삼십 미터까지 낮아지면서 해송과 연산호들이 즐비한 절벽이 나타났다.

해녀들이 해안 근처를 찾고 있으니 자신은 절벽 쪽으로 가 봐야겠다고 해나는 생각했다. 문제는 한라였다. 능숙하게 장비를 다루는 걸 봐서는 스쿠버 다이빙을 배우긴 한 것 같은데, 깊은 절벽까지 따라올 수 있을지 알 수 없었다. 스쿠버 마스크를 쓰면 시야가 좁아져 혼자보다는 둘이 더 좋긴 하지만, 한라의 다이빙 실력이 어느 정도인지 감이 오지 않았다.

해나가 한라 팔을 잡고는 눈을 똑바로 보라고 했다.

"호흡기를 입에 물고 숨을 들이마시고 내쉬어 봐."

한라는 해나가 하라는 대로 잘 따라 했다.

"조류에 휘말렸을 수도 있으니까 우리는 좀 더 깊은 곳으로 가 보자. 너, 수심 삼십 미터까지 내려갈 수 있겠어?"

해녀들은 숨을 참고 수심 이십 미터까지도 잠수한다. 한라는 해마 강사랑 수심 십 미터까지 가 봤다. 그때 물속에서 감압하는 것도 배웠다.

"한라야, 이제 내가 네 버디야. 절대로 너 혼자 행동하면 안 돼!"

해나가 호흡기를 물고 부력 조끼에서 공기를 뺐다. 한라도 해나를 따라 힘차게 오리발을 저었다. 바닷속으로 들어갈수록 환하던 물빛이 조금씩 어두워졌다. 물도 차가웠다. 얼마나 깊이 들어갔는지 갑자기 물의 흐름이 달라졌다.

해나가 바닥에 납작 엎드렸다. 조류에 휘말린 것이다. 한라도 팔을 뻗어 커다란 바위를 잡았다. 물살이 어찌나 센지 바위를 잡고 있는 한라 다리가 바람에 펄럭이는 깃발처럼 나부꼈다.

'만약 할망이 이런 조류를 만났다면…….'

상상하기도 싫었다. 두 사람은 바닥에 바짝 엎드려 땅을 기듯 조금씩 앞으로 나아갔다. 그러더니 순식간에 물살이 느려졌다. 조류에서 빠져나온 것이다. 한라는 바위를 얼마나 세게 잡았었는지 손가락 마디마디가 다 얼얼했다.

해나가 한라에게 잔압계를 확인하라는 수신호를 했다. 조류에서 빠져나오느라 벌써 압축 공기를 반이나 써 버렸다. 이번에는 해나가 다시 아래를 살펴보라며 손짓을 했다. 해나는 한라의 공기통을 잡고 위를 살폈다. 그 어디에도 할머니는 보이지 않았다.

그때였다. 다이버 한 명이 빠른 속도로 두 사람에게 다가왔다. 한라는 자신의 눈을 믿을 수 없었다. 해마 강사였다.

해나는 놀라 눈을 동그랗게 뜨고 해마 강사를 바라보았다. 해마 강사가 해나와 한라를 번갈아 보며 수신호를 했다.

"한라, 해나! 둘 다 괜찮아?"

한라가 새끼손가락으로 톡톡 턱을 쳤다.

해마 강사가 숨 돌릴 틈도 없이 해나에게 한라를 데리고 나가라고 수신호를 했다. 하지만 해나도 한라도 같이 가겠다며 고집을 부렸다.

더 이상 지체할 시간이 없었다. 해마 강사가 수신호를 하며 각자가 살펴봐야 할 지점들을 가리켰다. 남두항 앞 바닷속 지형을 알고 있는 해나가 앞장서고, 그 뒤를 해마 강사와 한라가 따라가며 할머니를 찾았다.

한참을 그렇게 바닷속을 헤매고 있는데 해마 강사가 위를 가리켰다. 물 위에서 무언가가 어른거리는 게 보였다. 바닷속으로 쏟아져 들어오는 햇살 때문에 커다란 물고기 같기도 하고, 작은 배 같기도 했다.

세 사람은 천천히 몸을 세워 힘차게 오리발을 저었다. 호흡기에서 뿜어져 나오는 크고 작은 공기 방울들이 은빛으로 반짝거리며 물 위로 올라갔다. 이십 미터, 십 미터, 구 미터, 팔 미터, 칠 미터, 육 미터, 오 미터.

해마 강사가 한라를 잡았다. 여기서 감압을 하지 않고 바로 올라갔다가는 잠수병에 걸린다. 한라는 제자리에서 오리발을 저으며 위를 올려다보았다. 순간 호흡기를 물고 있던 어금니에 저절로 힘이 꽉 들어갔다.

한라가 오리발을 차기 시작했다. 해마 강사가 한라 팔을 꽉 잡고는 놓지 않았다.

'우리 할망이에요. 나, 할망한테 가야 해요!'

마스크 안이 눈물 때문에 뿌옇게 흐려졌다. 마스크에 서린 김 빼는 법을 배웠지만 지금 그걸 하고 있을 때가 아니었다. 한라는 눈을 감은 채 힘껏 다리를 저었다.

물 위로 올라오자마자 한라는 마스크를 벗었다. 순식간에 파도가 얼굴을 덮쳤다. 컥컥컥, 소금물을 토해 내며 주위를 두리번거렸다. 이미 해마 강사가 할머니를 품에 안고 해안가 쪽으로 헤엄을 치고 있었다. 파도가 얼굴로 밀려들었지만 해마 강사는 아랑곳하지 않고 할머니를 안고 거침없이 오리발을 저었다. 한라도 열심히 다리를 저었지만 파도 때문에 좀처럼 앞으로 나아가지 못했다. 그런 한라 곁을 해나가 지켰다.

해마 강사와 할머니가 거의 뭍에 다다르자, 해녀들이 바다로 뛰어들어 할머니를 받아 안았다. 해안 도로를 따라 경찰차와 구급차가 불빛을 번쩍이며 오고 있는 것이 보였다.

해나가 잔압계를 확인했다. 물 위에서 헤엄치는 것보다 물속으로 가는 게 더 빨리 뭍으로 갈 수 있다. 한라와 해나는 다시 호흡기를 입에 물고 바닷속으로 들어갔다. 그때 무언가가 물살을 뒤흔들며 해나 앞을 지나갔다.

남방큰돌고래 떼였다. 한라가 겁에 질린 얼굴로 해나 옆으로 바짝 다가왔다. 두 사람은 서로에게 몸을 기댄 채 돌고래 떼가 어서 빨리 지나가기를 기다렸다.

돌고래 한 마리가 가지 않고 두 사람 곁에서 빙빙 맴돌았다. 짙은 회색빛 돌고래 몸에는 날카로운 것에 긁힌 것처럼 보이는 크고 작은 상처들이 가득했다. 한라는 가슴 한편이 싸하게 아렸다. 돌고래는 지친 듯 힘겹게 눈을 끔벅거렸다.

한라는 돌고래의 흐릿한 검은 눈동자를 바라보았다. 그러고는 살며시 돌고래를 향해 손을 뻗었다. 돌고래는 피하지도, 도망가지도 않았다. 부드러우면서 단단한 촉감이 손가락 끝으로 전해졌다. 돌고래는 한라에게 몸을 맡긴 채 가만히 물살을 탔다. 그 순간, 바위 위에 앉아 물질을 준비하던 할머니의 검은 얼굴이 어른거렸다. 할머니가 한라를 바라보며 소리 없이 웃고 있는 것 같았다.

해나가 한라의 잔압계를 확인했다. 바늘은 벌써 붉은색 가장자리를 가리키고 있었다. 해나가 빨리 나가야 한다며 팔을 잡아끌자, 한라는 곧 정신을 차리고 서둘러 오리발을 저었다.

한라가 아무리 오리발을 차고 팔을 휘둘러도 물 위로 가 닿지 않았다. 아니, 어쩌면 영원히 물 위로 올라가지 못할 것 같았다. 그런 생각이 들자 숨이 막히면서 눈앞이 아득해졌다. 돌고래가 한라 주변을 빠른 속도로 맴돌았다. 돌고래가 움직일 때마다 미끄러지듯 흐르는 물살을 느끼기만 할 뿐 한라는 손을 뻗을 수도, 다리를 저을 수도 없었다.

누군가가 한라의 등을 밀고 있는 게 느껴졌다. 그건 마치 작고 단단한 손 같기도 했고, 매끄럽고 부드러운 등 같기도 했다. 한라는 남은 힘을 다해 힘껏 물살을 움켜잡았다.

어떻게 물 위로 올라왔는지는 한라도 모른다. 순간 쨍한 공기가 얼굴 위로 부서졌고, 한라는 가슴 깊은 곳에서부터 입까지 한꺼번에 "호오익!" 하고 숨을 토해 냈다. 죽을 것 같았던 두려움도 그 순간 공기 중으로 산산이 흩어져 버렸다. 곧이어 해나가 호흡기를 손에 든 채 물 위로 솟아올랐다.

한라와 해나는 바다에 몸을 누인 채 가쁜 숨을 몰아쉬었다. 구급차가 빠른 속도로 해안 도로를 따라 멀어지는 게 보였다. 해마 강사가 파도를 뚫고 다시 두 사람을 향해 헤엄쳐 오고 있었다.

주경미, 주꾸미

할머니의 장례식을 치른 뒤, 한라는 차가운 방바닥에 누워 천장만 바라보았다. 울지 않으려 해도 자꾸만 눈물이 났다.

'내가 우리 할망을 구했어야 했는데, 좀 더 빨리 바다로 뛰어들었어야 했는데, 바다에 나가지 말라고 끝까지 말렸어야 했는데…….'

눈을 감고 있으면 그날 일이 영화의 한 장면처럼 자꾸만 머릿속에서 되풀이되어 나타났다. 눈물이 뺨을 타고 쉼 없이 흘러내렸다.

그러다 까무룩 잠이 들었다. 어디선가 선선한 깊은 바다 냄새가 났다. 한라 몸이 바다 밑으로 서서히 가라앉고 있었다. 물의 차가운 기운이 고스란히 느껴졌지만 춥지는 않았다.

한라는 밑으로 가라앉지도, 물 위로 떠오르지도 않은 상태로 물살을 따라 유유히 흘러 다녔다. 숨을 쉬지 않아도 괜찮았다. 공기통을 메고 있지 않아도 몸속에 공기가 충분히 가득 차 있다는 걸 느낄 수 있었다.

그때 돌고래 한 마리가 한라 주위를 맴돌았다. 한라는 돌고래를 따라 바닷속을 자유롭게 유영했다. 그러다 문득 남은 숨이 얼마 없을지도 모른다는 걸 깨달았다. 그런 생각을 하자 몸속에 있던 공기가 한꺼번에 다 빠져나가면서 가슴이 꽉 죄어 왔다.

더 이상 숨을 참을 수 없어서 막 물숨을 들이마시려 할 때였다. 무언가가 등 뒤에서 한라를 밀어 올리기 시작했다. 한라가 힘겹게 몸을 비틀어 뒤를 돌아보았다. 해나였다.

한라를 힘껏 밀어 올리던 해나가 자신의 호흡기를 한라 입에 물려 주었다. 한라는 호흡기를 문 채 안간힘을 다해 몸속에 남은 마지막 숨을 훅, 하고 뱉어 냈다. 호흡기에 물이 빠지면서 순식간에 몸속으로 공기가 빨려 들어오는 게 느껴졌다. 한라는 숨을 참은 채 자신의 팔꿈치를 잡고 있는 해나를 향해 힘껏 손을 뻗었다.

그때 누군가 한라의 손을 덥석 잡았다. 한라는 놀라서 눈을 번쩍 떴다. 눈동자를 굴리며 사방을 두리번거리는데, 엄마가 걱정스런 눈으로 한라 손을 잡고 있었다. 한라는 엄마 얼굴을 보자마자 참았던 숨을 한꺼번에 토해 냈다. 엄마가 한라를 끌어안아 일으켰다.

한라는 엄마 품에 안긴 채 열린 방 문틈으로 밖을 내다보았다. 문밖에 해마 강사가 서 있었다. 해가 지는지 하늘이 온통 다홍빛이었다. 해마 강사의 얼굴도 다홍색으로 물들어 있었다.

한라는 고개를 푹 숙인 채 발로 마당 잔디만 툭툭 찼다. 해마 강사가 오른 주먹을 쥐고는 눈 밑에 대며 얼굴 위로 눈물을 그렸다. 그러고는 손가락을 펴서 가슴을 어루만졌다. 슬프고 마음이 아프다는 수어였다.

어제는 소민이가 왔다 갔다. 소민이는 귀까지 빨개진 채 그 자리에 서서 울먹였다.

"할망이 맛있는 거 사 먹으라며 나한테 용돈을 주셨는데……. 나, 너한테 말 안 했어. 할망이 왜 네가 아닌 나한테 자꾸 돈을 주셨는지 나도 모르겠어."

한라는 소민이에게 말로는 표현할 수 없을 것 같아 휴대폰 메모장에 글을 써서 내밀었다.

할망은 나한테도 용돈을 주셨어. 근데 나도 아무한테도 말 안 했어. 그냥 나한테 주신 거니까. 그건 할망이 그냥 너한테 주신 거야.

엄마는 식사 시간이 다 됐다며 해마 강사에게 저녁을 먹고 가라고 했다. 해마 강사는 괜찮다고 했지만 엄마는 막무가내였다.

엄마가 저녁을 준비하는 동안 한라와 해마 강사는 거실 바닥에 마주 앉았다. 왠지 어색해 한라가 괜히 눈동자만 굴리고 있는데, 해마 강사가 마룻바닥을 톡톡 쳤다. 그러고는 오른손을 둥글게 말아 이마에 댔다 펴며 고개를 숙였다.

"너무 늦게 와서 미안해."

한라도 수어로 물었다.

"어디 갔었어요?"

"정리할 게 있었어. 다시 돌아오려면 말이야."

해마 강사는 이곳으로 다시 돌아오고 싶어 떠났던 거였다고 했다. 조난 사고를 대비해 수중 신호기며 수중 전등을 사느라 시간이 더 걸렸단다.

"한라야, 사실 난…… 해마 강사가 아냐."

해마 강사는 잠시 말을 잇지 못하더니 무겁게 입을 열었다.

"내가 그분 이름을 썼던 건 이곳에 진짜 있어야 할 사람이 해마 강사님이기 때문이었어. 내가 말한 적 있지? 필리핀에서 만난 내 사부님 말이야. 그 사부님이 바로 해마 강사님이셔."

한라가 엄지와 검지를 펴서 왼쪽 가슴에 갖다 댔다.

"진짜 이름이 뭐예요?"

"ㅈ-ㅜ-ㄱ-ㅕ-ㅇ-ㅁ-ㅣ. 다이버들은 ㅈ-ㅜ-ㄲ-ㅜ-ㅁ-ㅣ라고 불러."

사실 한라도 다른 이름이 있었다. 수어를 하는 사람들 사이에선 '입꼬리+남자'라고 불렸다. 웃을 때마다 살짝 올라가는 입꼬리를 보고 있으면 덩달아 기분이 좋아진다고 해서 농인 친구들이 붙여 준 이름이었다.

엄마가 밥상을 들고 거실로 들어왔다. 저녁을 먹는 내내 엄마는 주꾸미 강사에게 할머니를 구해 주셔서 고맙다는 인사를 하고 또 했다.

'뭐가 구했다는 거야. 할망은 죽었는데! 이젠 이 세상에 없는데!'

한라의 가슴속에서 자꾸만 화가 치밀었다. 밥알이 아니라 모래알을 씹는 것 같았다. 엄마도 겨우 밥알만 세던 젓가락을 내려놓았다.

"얼마 전부터 어머니에게 치매 증상이 나타났어요. 어머니도 그 사실을 알고 계셨고요. 그날은 유난히 정신이 맑았어요. 어머니는 이게 마지막 물질이라면서 바다에 다녀오겠다고 했어요. 평생 물질을 하며 바닷속에서 사신 분이라 말릴 수가 없었어요."

한라는 며칠 전 새벽을 떠올렸다. 할머니는 진짜 자신을 아빠라고 생각했던 걸까? 그날 절대 바다로 들어가면 안 된다고 말렸더라면, 조금만 더 빨리 할머니를 구하러 바다로 뛰어들었더라면, 그랬더라면 할머니는 죽지 않았을까?

한라는 참지 못하고 문을 박차며 밖으로 뛰어나갔다. 그날의 후회와 죄책감이 심장을 꽉 움켜잡았다.

'할망, 미안해. 그날 바다에 들어가지 말라고 내가 말렸어야 했는데……. 더 빨리 할망을 구하러 갔어야 했는데…….'

목에서 뜨거운 것이 자꾸만 복받쳐 올랐다. 막 소리를 질러도, 미친 듯이 달려도 목에 걸린 그 뜨거운 것은 목구멍에 들러붙어 밖으로 나오지 않았다.

정신을 차리고 보니 어느새 바다 앞에 서 있었다. 발길이 한라를 바다로 이끌었던 것이다. 한라는 갯바위 위에 털썩 주저앉았다. 검푸른 하늘에는 조각구름들이 떠 있고, 구름 사이로 보름달이 비죽 고개를 내밀었다.

한라도 엄마처럼 누군가에게 마음을 털어놓고 싶었다. 지금 가슴이 얼마나 아픈지, 할머니가 얼마나 많이 보고 싶은지 다 말하고 싶었다.

한라는 꺼이꺼이 울면서 바다를 향해 하고 싶었던 말들을 쏟아냈다.

"이게 다 너 때문이야! 절대로 널 용서하지 않을 거야!"

한참을 소리 지르고 나니, 눈물은 나지 않고 입에서 뜨거운 숨만 오르내렸다.

"그건 바다 잘못이 아니야. 네 잘못도 아니고."

주꾸미 강사가 한라 어깨에 손을 얹으며 옆에 앉았다. 한라는 시선을 피한 채 돌멩이를 주워 바다를 향해 힘껏 집어 던졌다. 파도가 놀란 듯 검은 물보라를 일으키며 재빨리 뒷걸음질쳤다.

"한라야, 내 얘기 좀 들어 줄래?"

주꾸미 강사의 얼굴 위로 달빛이 켜켜이 내려앉았다. 달빛을 받은 얼굴이 말갛게 빛났다.

"작년 가을이었어. 다이빙 가게 인근 바다에서 큰 사고가 있었어. 사부님과 난 바다에 빠진 조난자들을 구하러 갔어. 하지만 파도도 세고 날도 흐려서 바닷속이 잘 보이지 않았지. 무엇보다 그곳은 물살이 세서 사고가 많았던 곳이었거든."

사부님이라면 해마 강사를 말하는 거였다.

"바닷속에서 불을 켜도 바로 내 앞 손바닥밖에 보이지가 않았어. 우리는 한 치 앞도 보이지 않는 바다에서 사람들을 구해야 했지. 배 위에서 잠을 자면서 셀 수 없이 많은 공기통을 바꿔 가며 계속 바다에 뛰어들었단다."

주꾸미 강사는 그때를 떠올리는 듯이 가쁜 숨을 몰아쉬었다.

"그렇게 며칠이 지나자 나는 한 깡씩 다이빙을 하고 나올 때마다 구역질을 했어. 거기서 도망가고 싶다는 생각마저 들더라."

그날이 마치 어제 있었던 일처럼 주꾸미 강사 눈앞에 어른거렸다. 삶과 죽음을 넘나들던 그 지옥과도 같았던 사고 현장에서 해마 강사가 팔을 잡았다.

"경미야, 내 눈을 똑바로 봐. 정말 너, 다시 바다에 들어갈 수 있겠니?"

"사부님이 할 수 있으면 나도 할 수 있어요. 나도 사부님이랑 같이 갈 거예요."

추위와 두려움으로 입술이 새파랗게 질린 채 주꾸미 강사가 턱을 덜덜 떨어 댔다. 해마 강사가 긴 한숨을 내쉬며 고개를 저었다.

"경미야, 넌 할 만큼 했어. 이제 그만 집으로 돌아가."

"사부님, 우리 같이 가요. 사부님 이러다 진짜 큰일 난다고요! 해나도 생각하셔야죠."

"해나랑 해나 아빠가 얼마나 날 걱정하고 기다리는지 아니까 더 못 가겠어. 조난자 가족들이 얼마나 애타게 기다리는지 아니까. 난 걱정 마. 꼭 돌아올 거니까!"

해마 강사가 공기통을 바꾸며 마지막으로 했던 말이 주꾸미 강사 귓가에서 쟁쟁거리며 울렸다.

"경미야, 네가 정말 할 수 있는지, 이게 옳은 일인지만 생각해. 옳은 일이고 할 수 있겠다 싶으면, 그때 하면 돼."

한참 동안 말이 없던 주꾸미 강사가 다시 입을 열었다.

"나는 배 위에서 사부님의 붉은 점멸등이 바닷속으로 사라지는 것을 바라보고만 있었어. 다른 다이버들은 다 나왔는데 한참이 지나도 사부님이 물 밖으로 나오지 않았어. 그때 수면 아래에서 희미하게 불빛이 보이기 시작했지. 사부님이 의식을 잃은 채 물 위로 떠올랐단다."

주꾸미 강사의 뺨을 타고 눈물이 주르륵 흘러내렸다.

사실 한라는 주꾸미 강사가 하는 말을 다 읽지 못했다. 하지만 얼마나 가슴 아파하는지 그 감정은 고스란히 느낄 수 있었다. 그건 말하지 않아도 다 알 수 있었다.

파도가 높아서 물질을 나가지 못하던 날, 한라가 할머니에게 물었다.

"할망은, 바당이, 무섭지, 않아?"

"할망한테는 바당이 한라 아빠고, 우리 한라가 먹을 밥이며 학교

갈 돈인데, 무사 바당이 무서워?"

구름이 달을 가리자 하늘과 바다는 한 치 앞도 보이지 않을 만큼 어두웠다. 검은 파도가 발아래에서 소리 없이 일렁거렸다.

한라가 와락 울음을 터뜨렸다.

"할망, 난 이제 바당이 무서워."

오해와 이해

지독한 슬픔 속에서도 시간은 흘러, 어느새 뿔소라를 수확하는 시기가 돌아왔다.

해녀들은 물질해서 잡은 뿔소라들을 망사리 가득 바다에 담가 두었다가 수협 차가 오는 날에 망사리를 뭍으로 옮겼다. 워낙 무겁고 힘든 일이라 뿔소라를 뜨는 날이면 가족들도 바닷가로 모여들었다.

한라 엄마는 이른 아침부터 작업복을 입고 해녀 탈의장으로 향했다. 어머니와 함께했던 이 길을 혼자 걷고 있으니 자꾸만 코끝이 시큰거렸다. 행여 누가 볼까 얼른 소맷자락으로 콧물을 닦아 냈다.

언제 왔는지 주꾸미 강사도 삼십 킬로그램짜리 망사리를 번쩍 번쩍 들고 지며 나르고 있었다. 해녀 할머니들은 더 큰 망사리를 나르면서도 젊은 사람이 애쓴다며 고마워했다.

"야야, 힘든 데 쉬멍 해라게."

"아이, 삼촌들! 공기통 두 개 정도 무게야 끄떡없어요."

주꾸미 강사는 넉살도 좋아서 금세 해녀 할머니들을 '삼촌'이라고 부르며 따랐다. '삼촌'이란 말은 '해녀 사부님'이란 뜻이란다.

가족들 없이 혼자 사는, 마을 최고령 해녀인 순옥 할머니 망사리를 들어 올리며 주꾸미 강사가 호기롭게 큰소리쳤다.

"순옥 삼촌, 이것도 나를게요."

새참으로 나온 컵라면 면발을 후루룩 말아 올리며 주꾸미 강사가 말했다.

"삼촌들, 저 물질 좀 가르쳐 주세요."

"아이고, 뭐 허잰? 공기통 메고 들어가면 편한데 무사 고생을 사서 허잰? 나도 그 스쿠버인지 좀 배워야 되켜. 편하게 물질 좀 허게."

해녀 할머니들이 껄껄껄 웃음을 터뜨렸다.

그날은 시시때때로 실없는 농담을 늘어놓는 주꾸미 강사 덕에 오랜만에 해녀들 얼굴에서 웃음이 떠나질 않았다.

어촌계 허락도 받았겠다, 영업 허가서라는 복잡한 서류 절차도 다 끝났지만, 해나가 보기에 주꾸미 강사는 도대체 일을 할 생각이 없어 보였다. 해녀 할머니들 집에 놀러가서는 만날 소라며 전복, 보말이 든 소쿠리를 들고 돌아왔다. 주꾸미 강사가 온 이후로 아빠는 더 자주 엄마가 있는 병원에 갔다.

주꾸미 강사가 게스트 하우스 부엌에서 소라를 데치고 먹기 좋게 전복을 썰었다.

"해나야, 라면 끓여 줄 테니까 친구들 놀러 오라고 해."

"누가 내 친구들이야?"

해나가 전복 한 조각을 냉큼 입 안에 넣으며 우물거렸다.

"어때? 너, 이런 거 처음 먹어 보지? 백 퍼센트 제주 자연산이야!"

해나가 뽀로통한 얼굴로 주꾸미 강사를 쏘아봤다.

"왜 아직도 안 가고 여기에 있는 거야?"

"걱정 마. 갈 거니까!"

해나가 놀라 주꾸미 강사를 돌아봤다. 왜 왔냐고, 빨리 가라고 구박했지만 막상 떠난다고 하니 기분이 묘했다.

"사부님이 깨어나면 갈 거야. 그땐 가지 말라고 해도 갈 거야."

쳇, 그럼 그렇지. 해나가 심통이 나서 말했다.

"왜 한라한테 해마 강사라고 거짓말했어? 왜 우리한테 말도 없이 가 버린 거냐고!"

"처음부터 거짓말을 하려고 했던 건 아니야. 사부님이 정말 이곳에 있었으면 좋겠어서, 누군가는 해마 강사님을 기억해 줬으면 해서……."

주꾸미 강사의 목소리가 바르르 떨렸다.

"도망치듯 그곳을 떠났던 건, 모두 나한테 손가락질을 하는 것 같아서였어. 그래도 너는 멀쩡하게 돌아왔잖아. 왜 같이 바다에 들어가지 않았어? 넌 그때 어디서 뭘 했던 거야?"

주꾸미 강사가 힘없이 고개를 떨구었다.

"하루에도 수십 번 후회했어. 그날 그곳에 가지 않았더라면, 사고가 난 사람이 차라리 나였더라면……."

해나는 그날의 사고 때문에 자신의 가족만 고통받고 있다고 생각했다. 사고 현장에 같이 있던 주꾸미 강사가 어떤 마음으로 떠났고, 어떻게 혼자 견디고 있었는지는 알지 못했다.

"그러다 깨달았어. 다시 그날로 돌아간다 해도 사부님과 나는 똑같은 선택을 했을 거야. 옳은 일이었고, 할 수 있는 일이었으니까."

해나의 뺨을 타고 눈물이 후드득 떨어졌다. 엄마는 알고 있었다. 해나랑 아빠가 얼마나 간절하게 엄마가 돌아가기를 기다리고 있었는지. 엄마는 꼭 돌아오겠다는 약속을 지켰던 거였다.

해나는 한라 할머니를 구하러 바다에 뛰어들었던 그날을 떠올렸다. 다시 그날로 돌아간다고 해도, 해나 역시 똑같이 했을 거다. 바닷속에서 한라의 공기통이 비었다는 걸 알았을 때, 해나는 조금도 망설이지 않았다. 얼마 남지 않은 공기를 나누기 위해 한라에게 호흡기를 건네며 자신은 보조 호흡기를 입에 물었다. 해나가 할 수 있었고, 또 옳은 일이었기 때문이었다.

그날 저녁, 해나는 당근 밭을 가로질러 마을로 향했다. 가로등 불빛 아래 모습을 드러낸 마을은 고요했다. 풀벌레 우는 소리와 멀리 개 짖는 소리만 들렸다.

해나는 한라 집 앞에서 걸음을 멈췄다. 한라에게 무슨 말을 하려고 온 건 아니었다. 네 마음을 안다는 둥, 얼마나 가슴이 아프냐는 둥 어설픈 위로나 동정 따위로 한라를 힘들게 하고 싶지 않았다.

그저 한참을 한라 집 앞에 서 있다가 그냥 집으로 돌아왔다. 다음 날도 또 그랬다. 앞집에 사는 소민이가 창문으로 해나를 지켜보고 있었다는 건 알지 못했다.

공존

어느새 여름 방학이 끝나 가고 있었다. 개학식이 다가올수록 소민이는 꿈 찾기 UCC 때문에 고민이 깊었다. 하고 싶은 게 너무 많지만, 딱히 잘하는 것이 없는 자신을 어떻게 소개해야 할지 몰라 한참을 책상 앞에 앉아 궁시렁거리고 있을 때였다.

"그냥 '소민이네 해녀 식당' 물려받는다고 해. 엄마가 너 물려주려고 이름도 그렇게 지은 거 몰랐어?"

사실 꿈 목록 첫 번째가 '소민이네 해녀 식당' 사장님이었다. 유민 언니 말에 왠지 배알이 꼴린 소민이는 기필코 다른 걸로 하리라 다짐했다.

그러기 위해 일단 해마 게스트 하우스로 해나를 찾아갔다.

"UCC 같이 만들자!"

"싫은데."

"왜?"

"난 안 할 거거든."

"헐!"

해나는 방학 숙제를 해 갈 생각이 전혀 없었다. 십오 년 삼 개월밖에 안 살았는데 벌써 미래를 생각하고 꿈을 정하라니, 조금 더 살아 보면서 천천히 고민해 볼 생각이었다.

"한라랑 난 UCC 동영상 만들 건데. 너도 같이할래?"

해나가 대답도 하지 않았는데, 소민이는 엄마 병원에 갔다가 해녀 식당 앞 비치 파라솔로 오라는 말을 하곤 휭하니 가 버렸다.

맹렬했던 더위는 한풀 꺾였지만 햇볕은 여전히 따가웠다. 세 사람은 비치 파라솔 아래 둥근 플라스틱 테이블 앞에 어색한 표정으로 마주 앉았다.

며칠 새 부쩍 해쓱해진 한라는 햇빛 때문에 눈이 부신 듯 손으로 얼굴을 가렸다.

소민이가 말했다.

"우리 식당으로 들어갈래? 아 참, 엄마가 오늘 가게 문 닫는다고 했다."

오늘은 무슨 일인지 엄마가 해녀 식당 문을 열지 않았다.

"어디 햇볕만 피해도 좋겠는데……."

해나가 한라와 소민이 눈치를 살피며 말했다.

"우리 다이빙 가게 갈래? 테이블이나 앉을 만한 의자는 없어. 바닥에 앉아도 상관없다면……."

소민이는 해녀 식당 안을 힐끔 들여다보고는 허리를 숙여 운동화 끈을 고쳐 매는 척하더니 테이블 아래에 고정해 둔 돌덩어리를 치워 버렸다.

소민이가 한라에게 테이블 반대쪽을 가리키며 소리쳤다.

"이거 다이빙 가게로 옮기자!"

소민이가 테이블 한가운데 꽂혀 있는 파라솔을 쑥 빼서 접어 버렸다. 그러고는 테이블을 잡고 달리기 시작했다. 한라는 어리둥절한 얼굴로 테이블 반대편을 잡고 따라 뛰었다.

해나가 황당한 얼굴로 두 사람을 쳐다보더니 플라스틱 의자 세 개를 겹쳐 들었다.

"야, 이게 더 무겁거든!"

소민이는 눈가에 눈물이 맺히도록 깔깔 웃어 댔고, 한라도 웃음을 삼키느라 어깨를 들썩였다. 해나가 벌겋게 익은 얼굴로 씩씩거리며 다이빙 가게로 들어섰다.

테이블과 의자만 놨을 뿐인데 휑했던 가게 안이 꽤 그럴싸해 보였다. 해나가 바다 쪽으로 난 작은 창문을 열자 바람을 타고 환한 빛이 따라 들어왔다. 창문을 통과한 조각 빛들은 작은 물고기 떼처럼 하늘색 벽을 따라 이리저리 유영했다.

소민이는 테이블 위에 사인펜을 늘어놓고 도화지에 알록달록 그림을 그리듯 글자를 썼다. UCC 동영상에는 말을 한 마디도 하지 않고 수어를 하며 자막만 넣을 생각이라고 했다.

해나가 의아해하며 소민이에게 물었다.

"언제부터 수어에 관심이 많았냐?"

"이번 여름 방학부터인데, 왜?"

소민이 꿈 목록에 '수어 통역사'가 새로 생겼다.

소민이가 한라와 눈을 맞추며 너무 빠르지도 느리지도 않은 속도로 말했다.

"처음엔 재밌을 것 같아서 한라한테 수어를 배우기 시작했거든. 유튜브를 보면서 '수어 통역사'에도 관심이 생겼고. 정작 농인들이 무엇 때문에 힘들어하는지, 어떤 편견 속에서 살고 있는지는 하나도 모르면서 말이야."

소민이는 시도 때도 없이 이 수어가 맞는지, 표정은 어떻게 해야 하는지 한라에게 물었다. 한라는 수어를 가르쳐 주는 게 귀찮은

때도 있었지만 '나중에 알려 줄게. 근데 그거 중요한 거 아닌데.' 라는 말은 하지 않았다.

"어느 날 사고가 나거나 나이가 들어서 호호 할머니가 되면 나도 보청기를 낄 수 있고 걷지 못할 수도 있잖아. 근데 난 한 번도 나한테 일어날 수 있는 일이라고 생각해 보지 못했어."

"그래서?"

"그래서? 생각을 바꿨지. 학교를 바꾸는 걸로! 내가 수어 통역사가 되기 전에 한라가 학교를 졸업하잖아!"

소민이가 들뜬 표정으로 말을 이었다.

"농인이 다른 사람들하고 똑같이 공부를 하려면 전문 수어 통역사가 꼭 필요해. 아니면 영화 자막처럼 속기사용 키보드로 상황을 문자로 알려 주는 통역 서비스를 받든가. 요즘은 직접 찾아오지 않고 원격 지원 시스템으로 실시간 자막을 통해 통역을 해 주기도 한대."

한라가 대단하다며 엄지손가락을 치켜세웠다.

해나가 물었다.

"근데 왜 우리 학교에는 없는 거야?"

"그래서 학교를 바꿔야 한다는 거야. 이런 내용으로 UCC 동영상을 만들어서 학교에 건의할 거야!"

한라가 일반 학교로 전학을 오고 처음 얼마 동안, 선생님들은 일부러 칠판에 꼼꼼하게 필기를 해 주고 한라를 쳐다보며 천천히 말했다. 그런데 언젠가부터 수업 진도가 너무 느리다는 말이 오가며 그만두었다.

이런 이야기를 하자 소민이가 시원하게 말했다.

"그러니까 처음부터 학교에서 해 줬어야지!"

해나가 한라를 쳐다보았다.

"한라, 넌 꿈 찾기 UCC 뭘 할 생각이야?"

한라는 테이블 위에 팔꿈치를 대고 곰곰이 생각에 잠겼다. 아무리 생각해 봐도 뭘 좋아하는지, 어떤 사람이 되고 싶은지 알 수가 없었다. 얼마나 골똘히 생각을 했는지 머릿속이 부글부글 끓어 금방이라도 폭발할 것만 같았다. 이럴 땐 물속에 들어가 머리를 식혀 줘야 하는데…….

한라가 고개를 돌려 바다를 바라보았다. 바다를 보고 있는데도 바다가 그립다던 주꾸미 강사의 말이 무슨 뜻인지 조금은 알 것 같았다. 호흡기를 물고 바닷속을 유영하다 보면 움츠리고 있던 몸이 물살을 따라 부드러워졌다.

물속에서 서로의 눈을 쳐다보며 손으로 사인을 주고받을 때는 폐가 한껏 부풀어 오르며 가슴이 활짝 열렸다. 스쿠버 다이빙 장비를 차고 바닷속에 들어가고 싶었던 건 어쩌면 그곳만이 있는 그대로의 한라를 받아 주었기 때문인지도 모른다.

한라가 수어를 하며 소리 내어 말했다.

"난 모르겠어. 내가 뭘 좋아하고 잘하는지 말이야."

해나가 한라를 가만히 바라보았다. 한라는 자기 자신에 대해 너무 모르는 것 같았다. 이제 막 스쿠버 다이빙을 시작했으면서도 겁내기나 두려워하지 않고 바다에 뛰어들었다. 중성 부력을 잘 잡고 호흡도 제법 조절하는 걸로 봐선 꽤 소질도 있어 보였다. 무엇보다 파도를 가르며 헤엄을 칠 때 얼마나 환하게 웃는지, 보고 있는 사람도 덩달아 기분이 좋아졌다.

해나가 천천히 말했다.

"한라야, 언제든 스쿠버 다이빙하고 싶을 때 같이 바다에 가자."

한라가 비시시 웃으며 고개를 끄덕였다.

소민이가 물었다.

"해나, 넌 정말 숙제 안 할 거야? 네가 담임을 몰라서 그러는데, 무슨 수를 써서라도 끝까지 받아 낼걸."

"생각해 볼게."

해나는 태연한 얼굴로 대답했다. 그러고는 심심하다며 책장에서 해양 생물 도감을 몇 권 꺼내 왔다.

한창 도화지에 적힌 글자를 동영상으로 찍던 소민이가 무슨 일인지 해나에게 짜증을 냈다.

“책 좀 여기저기 펼쳐 놓지 마. 지금 동영상 찍고 있는데, 네 책들이 자꾸만 화면에 들어온단 말이야.”

“야, 이렇게 넓은데 뭐가 좁다는 거야? 너야말로 사인펜이며 필요도 없는 자를 꼭 이렇게 다 늘어놓아야 하는 거야? 이것들만 치워도 자리가 넓어진다고!”

해나와 소민이가 서로 턱을 치켜들었다. 소민이가 한라 팔을 톡톡 치고는 수어를 했다. 한라도 이해할 수 없는 뒤죽박죽 엉터리 수어였다.

해나가 자꾸만 무슨 뜻이냐고 추궁했다.

“뭐래? 한라야, 소민이가 뭐라고 한 거야? 내 욕한 거 아니야?”

“아니거든! 한라한테 사실대로 말하라고 했거든. 지금 누가 더 자리를 많이 차지하고 있는지 말이야.”

소민이가 억울해하며 입을 삐죽 내밀었다.

해나와 소민이가 눈을 반짝이며 한라의 대답을 기다렸다. 한라는 자꾸만 웃음이 새어 나오려고 해 입술을 꽉 다물었다. 그러고는 양손으로 주먹을 쥔 채 검지를 펴서 동그랗게 원을 그렸다. 수어로 같이 머문다는 뜻이었다.

한라가 연필을 들고 자리에서 일어났다. 소민이가 갖고 있던 삼각자로 정확하게 60도 각도를 재고 둥근 테이블 위에 커다란 삼각형을 그렸다. 그러고는 파라솔을 꽂는 한가운데 구멍에서부터 각 삼각형 꼭짓점까지 길게 선을 그렸다. 둥근 테이블이 피자 조각처럼 똑같이 삼등분으로 나뉘었다.

"와, 이런 건 어떻게 알았어?"

한라가 책에서 봤다고 하자 소민이가 수학 학원에서도 이런 건 안 가르쳐 준다며 놀라워했다. 한라가 어깨를 으쓱하며 이 정도야 뭘, 하는 얼굴로 씩 웃었다.

그렇게 세 사람은 서로 영역을 나누는 경계선 세 개로 금세 평화를 찾았다. 평화를 얻는 것까진 좋았는데, 누가 선을 넘어오지는 않나 신경 쓰여 자꾸 그어 놓은 금만 보게 됐다.

바다에도 눈에 보이지는 않지만 마을과 마을 사이 해녀들의 경계가 있다. 때론 그 경계를 허물고 옆 마을 사람들과 함께 물질을 하기도 하지만, 아무리 좋은 해산물이 많다고 해도 서로의 영역만큼은 꼭 지켜 준다. 나이가 많아 물질하기 힘든 할머니 해녀를 위해 할망 바다만큼은 다른 해녀들이 들어가지 않는 것처럼…….

"와우, 테이블 멋진데?"

주꾸미 강사가 가게로 들어오며 다이빙 모자를 벗었다. 오늘은 웬일로 바다에 들어갔다 왔는지 바닥에 물이 뚝뚝 떨어졌다.

“어머, 이 분위기 어쩔 거야? 너희 싸웠니?”

소민이가 새침한 얼굴로 대답했다.

“아뇨, 우리 지금 같이 머물며 사이좋게 지내는 건데요.”

소민이 말에 결국 한라가 웃음을 터뜨렸다. 해나와 소민이도 따라 웃었다.

주꾸미 강사가 어리둥절한 표정으로 세 사람을 번갈아 보다가 말했다.

“너희들 안 바쁘면 나와서 좀 도와줘.”

가게 밖으로 나오자 고추잠자리 떼가 머리 위에서 맴돌았다. 세 사람은 쨍한 햇살에 눈이 부셔 손차양을 만들며 바다를 내려다보았다. 늦은 여름 햇살이 투명하게 반짝이는 바닷속을 훤히 비췄다. 바다에는 붉은 태왁들이 잔잔한 파도를 따라 일렁거렸다.

“어, 아빠다!”

해나가 스쿠버 다이빙 장비를 차고 물속에서 헤엄을 치고 있는 아빠를 발견했다. 해나 아빠가 커다란 그물망에 바닷속에서 건져 낸 온갖 쓰레기들을 끌어안고 해변으로 나오고 있었다.

소민이가 엄마 태왁을 알아보며 소리쳤다.

“저기 봐! 해녀들이 바닷속을 청소하고 있어!”

세 사람은 누가 먼저랄 것 없이 해안 도로를 따라 해변을 향해 뛰었다. 가는 길에 누군가 먹고 버린 아이스크림 봉지며 찌그러진 캔, 플라스틱 병들을 주웠다.

소민이가 주머니에 손을 찔러 넣었다. 한라 할머니가 준 용돈 오천 원이 아직 남아 있었다.

"우리 청소 끝나면 시내에 떡볶이 먹으러 갈래? 이번 달까지 오렌지 맛 슬러시가 공짜라고 했어."

"좋아!"

"응!"

해나와 한라가 마주 보고 동시에 대답했다.

모두의 바다

"이 밤에 어딜 간다고?"

저녁을 먹다 말고 한라 엄마가 숟가락을 신경질적으로 상 위에 내려놓았다.

"뭐? 바다에 들어간다고?"

한라 엄마의 눈썹이 막 날아오르려는 갈매기 날개처럼 위로 솟구쳤다.

"스쿠버인지 뭔지 그 위험한 걸 왜 하겠다는 거야! 너, 제정신이야?"

제정신이니까 한다는 거다. 운동장을 맴돌고 정글짐 제일 꼭대기까지 오르는 게 다가 아니라는 걸 알아 버렸기 때문이다. 이젠 운동장 밖으로도 나가 보고 싶은 거다. 두렵고 떨리지만 가진 숨이 어느 정도인지, 얼마나 할 수 있는지 한번 해 보고 싶은 거다.

"헤나도, 가."

"해나가 너랑 같아?"

한라 엄마는 말을 잘못한 것 같아 아차 싶었다. 평소에는 한라에게 다른 아이들과 다른 게 없다고, 입 모양을 읽고 말을 할 줄 알면 다른 사람들처럼 살 수 있다고 말했었다.

한라가 눈을 부릅뜨고는 큰 소리로 말했다.

"달라……. 하지만, 나도, 할 뚜 이떠!"

사람들은 한라에게 이런 걸 물었다.

"청각 장애인 같지 않아. 안 들려? 농인? 위험해! 하지 마. 어떻게 할 수 있지?"

그런데 주꾸미 강사는 한라에게 다른 걸 물었다.

"한라, 네 생각은 어때? 한번 해 볼래?"

한라는 엄마를 위해 소리를 내어 말을 하면서 동시에 자신을 위해 수어를 했다.

"엄마, 수어로 내 이름은 '입꼬리+남자'야. 난 구화를 할 수 있지만 수어를 더 좋아하고, 아빠를 닮아 고집이 세고, 할망처럼 바닷속이 궁금해서 스쿠버 다이빙을 해. 그게 나야, 오한라."

한라 엄마는 더 이상 말을 잇지 못했다. 방실방실 잘 웃기만 하던 순한 아기가 언제 이렇게 커서 눈을 부릅뜨고 엄마에게 대드는 아이로 큰 건지. 한편으로 자기 생각을 당당하게 표현하는 한라가 대견했다.

'이런 한라 모습을 어머니가 보셨어야 했는데…….'

한라 엄마가 고개를 돌려 재빨리 콧물을 쓱 훔쳤다.

"근데 왜 하필 이 밤에 다이빙을 한다는 거야?"

이젠 바다가 무섭다는 한라 말에 주꾸미 강사가 말했다.

"두려움을 똑바로 보지 않으면 겁에 질려 한 발짝도 못 나가게 되니까. 내가 그랬던 것처럼."

결국 한라 엄마는 허락하고 말았다. 마음이 놓이지 않아 스쿠버다이빙 가게까지 한라와 함께 갔다. 가게에는 해나 아빠도 나와 있었다.

한라 엄마가 해나 아빠에게 당근 밭에 있는 게스트 하우스는 잘 되냐고 물었다. 고생 좀 하다 그만두고 떠날 줄 알았는데 생각보다 꽤 오래 버티고 있었다.

"하하하, 열심히 하고 있습니다."

해나 아빠가 쑥스럽게 웃으며 머리를 긁적였다.

"며칠 전에 게스트 하우스 문 앞에 열무랑 고구마 놓고 가셨죠?

맛있게 아주 잘 먹었습니다. 이건 그 열무로 제가 담근 김치인데 좀 드셔 보시지요."

"아, 네."

한라 엄마는 당황하며 얼떨결에 김치 통을 받아 들었다. 그러고는 슬며시 뚜껑을 열어 열무 김치를 집었다. 새콤하면서 적당히 잘 익은 열무 김치 한 조각에 잃어버렸던 입맛이 확 돌아오는 기분이었다.

해나 아빠는 방금 저녁을 먹고 왔다면서도 계속 열무 김치를 집어 먹으며 쩝쩝 입맛을 다시는 한라 엄마를 보고는 흐뭇한 미소를 지었다.

소민이는 스쿠버 다이빙을 해 보더니 자신과는 맞지 않는 것 같다며 속상해했다. 파도가 조금만 세도 멀미를 했다. 점심 먹은 걸 그 자리에서 다 확인하니 그런 생각이 들 만도 했다.

"몇 번 더 파도를 겪고 나면 익숙해질 거야."

소민이도 이대로 포기하긴 싫었다. 하지만 오늘 저녁으로 먹은 것까지 굳이 확인하고 싶진 않았다.

하늘과 바다는 한 치 앞도 보이지 않을 만큼 어두웠다. 파도가 검은 포말을 일으키며 발아래에서 출렁거렸다. 한라는 숨이 막혔다. 칠흑 같은 어둠 속에서 바다가 커다란 파도를 일으키며 금방이라도 와락 자신을 덮칠 것만 같았다.

소리는 물론 아무것도 보이지 않는 어둠 속에서 한라는 자신이 진짜 두려워하고 있는 게 무엇인지 알 것 같았다. 물숨, 더 이상 숨을 참을 수 없을 때 들이키는 숨. 할머니가 물 위에 떠 있던 장면이 한라 머릿속에 끊임없이 재생되었다. 가슴이 꽉 죄어 오면서 지금이라도 당장 여기를 벗어나고 싶었다.

그때 주꾸미 강사가 수중 전등 스위치를 켰다. 검은 덩어리였던 어둠 속에서 한 줄기 빛이 나타났다. 주꾸미 강사가 한라에게 자신의 눈을 보라고 했다.

"한라야, 숨을 천천히 쉬어. 친천히 들이마시고 내쉬어 봐!"

한라는 주꾸미 강사의 손짓에 맞춰 숨을 들이마시고 내쉬었다.

"괜찮아?"

괜찮지 않았다.

"지금이 아니어도 돼. 네가 할 수 있을 것 같을 때, 그때 해도 괜찮아."

한라는 알고 있었다. '지금' 포기하면 '다음'에는 아예 시도도 하지 않으리라는 걸. 두려움을 똑바로 보지 않으면 겁에 질려 한 발짝도 못 나가게 되리라는 것을. 바다가 무섭지만 이대로 물러나고 싶지 않았다. 가 보고 싶었다.

한라가 주꾸미 강사에게서 수중 전등을 받아 들었다. 수중 전등 불빛이 레이저를 쏘듯 바닷속을 비췄다. 미친 듯이 뛰던 심장 박동이 서서히 제 박자를 찾아갔다.

밤의 바다는 낮과 달랐다. 불빛 아래에서 바위 위에 숨어 있던 가재며 소라게가 모습을 드러냈다. 은빛 비늘을 반짝이며 전갱이 떼가 수중 전등 불빛 위로 몰려들었다. 머리 위로 수많은 전갱이들이 꼬리에 꼬리를 물고 빙빙 원을 그리며 맴돌았다. 불빛을 받은 전갱이들의 은빛 배는 마치 휘황한 불빛을 번쩍거리는 네온사인 같았다.

주꾸미 강사가 물고기 한 마리를 가리켰다.

"ㅈ-ㅜ-ㅣ-ㅊ-ㅣ."

쥐치는 한라가 다가가도 도망가지 않고 물속에 떠 있기만 했다. 한라가 조금만 손을 뻗으면 금세 잡을 수 있을 것 같았다. 해나가 수중 카메라로 쥐치 사진을 찍었다. 그러고는 오른손 검지와 중지를 펴서 왼쪽에서 오른쪽으로 움직였다.

"눈을 뜨고 자는데요?"

한라와 해나가 서로 마주 보며 키득거렸다. 두 사람의 호흡기에서 흘러나온 물방울들이 뭉게뭉게 피어올랐다.

주꾸미 강사가 그만 위로 올라가자고 했다. 한라와 해나는 주꾸미 강사를 따라 힘차게 오리발을 저었다.

칠흑 같은 어둠 속에 별들이 금방이라도 바다로 쏟아질 것만 같았다. 세 사람은 파도에 몸을 맡긴 채 물 위에서 가만히 일렁거렸다. 저 멀리 검은 바다 위 수평선에는 환하게 불을 밝힌 어선들이 점점이 걸려 있었다. 눈이 어둠에 익숙해지자 주꾸미 강사가 한라 손을 잡더니 수중 전등을 껐다. 그러고는 팔을 벌려 바닷물을 휘젓기 시작했다.

새까맣던 바다에서 푸르스름하게 빛이 났다. 푸른빛 같기도 하고, 초록빛 같기도 한 작은 알갱이들이 손을 저을 때마다 반짝거렸다.

주꾸미 강사가 다시 수중 전등을 켰다.

"플랑크톤이야. 눈에는 보이지 않지만 바다에는 아주 작은 플랑크톤들도 살고 있어. 이렇게 말이야."

주꾸미 강사가 물을 휘저어 한라와 해나 쪽으로 빛을 흘려보냈다. 한라와 해나도 양옆으로 손을 휘저어 서로에게 빛을 보냈다. 푸른빛의 플랑크톤이 반짝이며 세 사람을 하나로 연결해 주었다.

"내가 힘들어할 때면 사부님은 나를 데리고 이렇게 밤 다이빙을 하곤 했어. 밤바다는 두렵지. 아무것도 보이지 않으니까. 하지만 보이지 않는다고 없는 건 아니야."

구름에 갇혀 있던 달이 서서히 모습을 드러냈다. 달빛이 바다 위로 수북이 내리 쌓이며 세 사람의 얼굴을 비췄다. 한라와 해나, 주꾸미 강사는 서로 눈을 맞추며 소리 없이 웃었다.

"어, 저기 순옥 삼촌이다! 바다에 간다니까 삼촌이 우리 걱정돼서 나와 보셨나 보네."

가로등 불빛 아래 순옥 할머니가 굽은 허리를 빳빳하게 세워 바다를 내려다보고 있었다.

주꾸미 강사가 손을 흔들며 소리를 높였다.

"순옥 삼촌!"

순옥 할머니는 모두가 무사하다는 걸 확인하더니 다시 허리를 굽혀 유모차에 몸을 기댔다. 저 멀리 순옥 할머니가 유모차를 밀며 느릿느릿 어두운 골목 어귀로 접어드는 게 보였다. 주꾸미 강사가 할머니를 끝까지 눈으로 좇았다.

잠시 후 주꾸미 강사가 다시 호흡기를 입에 물었다. 한라와 해나도 주꾸미 강사를 따라 바닷속으로 들어갔다. 불빛을 받은 바다는 세 사람의 움직임에 따라 다시 깨어났다.

한라는 가만히 물살을 쓰다듬었다. 따뜻하고 부드러운 바다의 촉감이 그대로 전해졌다. 바다에서 할머니 냄새가 났다.

'할망, 지금도 바당이 웃고 있어?'

한라가 양팔을 활짝 벌리며 힘껏 바다를 껴안았다.

바다도 한라를 품에 꼭 안아 주었다.

제멋대로 버디

첫판 1쇄 펴낸날 2019년 6월 24일
4쇄 펴낸날 2020년 11월 5일

지은이 김아영
펴낸이 박창희
편집 김수진 이민주 **디자인** 권은숙
마케팅 이상민 이혜인 **회계** 양여진

펴낸곳 (주)라임
출판등록 2013년 8월 8일 제 406-2013-000091호
주소 경기도 파주시 회동길 57-9, 우편번호 10881
전화 031) 955-1820, 1821 **팩스** 031) 955-1825
이메일 lime@limebook.co.kr **인스타그램** @lime_pub

ISBN 979-11-89208-29-5 44810
979-11-951893-0-4 (세트)

* 이 작품은 2018년 아르코문학창작기금을 받았습니다.
* 이 책에 쓰인 아이콘은 프리픽(Freepik)에서 제공받았습니다.
* 잘못된 책은 구입하신 서점에서 바꾸어 드립니다.
* 본서의 반품 기한은 2025년 11월 30일까지입니다.

이 도서의 국립중앙도서관 출판시도서목록(CIP)은 e-CIP 홈페이지(http://www.nl.go.kr/ecip)와 국가자료공동목록시스템(http://www.nl.go.kr/kolisnet)에서 이용하실 수 있습니다.(CIP제어번호 : CIP2019023412)